Hijo
de tigre

MARIO HEREDIA

Hijo de tigre

Una novela sobre Juan Nepomuceno Almonte,
el hijo de Morelos

Grijalbo

Penguin
Random House
Grupo Editorial

Hijo de tigre
Una novela sobre Juan Nepomuceno Almonte, el hijo de Morelos

Primera edición: febrero, 2022

D. R. © 2021, Mario Heredia

D. R. © 2022, derechos de edición mundiales en lengua castellana:
Penguin Random House Grupo Editorial, S. A. de C. V.
Blvd. Miguel de Cervantes Saavedra núm. 301, 1er piso,
colonia Granada, alcaldía Miguel Hidalgo, C. P. 11520,
Ciudad de México

penguinlibros.com

ISBN: 978-607-380-966-5

Impreso en México – *Printed in Mexico*

…nos hizo la más favorable impresión.
Él es hijo de aquel párroco Morelos
que se hizo célebre durante la guerra
de Independencia y de una india que
lo tuvo en la montaña. «Al monte.»
Su amarillenta pero bella fisonomía
muestra su amabilidad y su afabilidad,
además de ser dueño de un corazón firme.
Sus modales son sencillos pero gentiles
y educadísimos. Su saludo fue estrecharnos
las manos…

CONDESA PAULA KOLONITZ

I

1869, París, fin del invierno. Hay una ventana, tras la ventana el boulevard. Hay un general que mira a través del vidrio esmerilado, tiene mucho frío, la chimenea apenas lo calienta. El cielo es de un gris pesado y los árboles oscuras garras. El general voltea hacia el hogar con sus llamas azules que sobresalen detrás de la reja de hierro. Luego camina hacia el centro de la estancia, erguido, marcial. Es un sonido exacto, seco, que dura hasta cruzar la duela y de pronto desaparece. La alfombra se come el sonido de sus pasos, lo anula. Sesenta y cinco años. Casi tres en esa ciudad. Una semana antes, en el salón de Madame de Duras, un banquero judío le había echado en cara lo de siempre: Qué salvajes, cómo se atrevieron a matar a un Habsburgo. Pero no había querido discutir como en otras ocasiones, decir quién había sido el verdadero culpable sin importarle que aún estuviera en el trono, que lo dejaran de invitar a los salones y los bailes de la capital del mundo.

Hay, sobre el escritorio, un altero de sobres y un paquete. Los libros que cada mes recibe. Todo tiene un porqué en el mundo, y más los libros, eso lo aprendió hace mucho tiempo. Su objetivo a veces es tan directo como lo es un manual de artillería, un tratado de historia o una biblia, como la de su padre, el gran estratega; ya lo dijo Napoleón, pero no tercero, sino el gran Bonaparte: *Dadme tres Morelos y conquistaré el mundo.* Rasga el papel. Seis tomos medianos, idénticos. Uno es diferente, un poco más pequeño. Lo levanta. Del interior cae un sobre, pero no le hace caso. Una novela. El porqué de las novelas no es tan claro como el de otros libros y puede complicar la vida, como lo hace Víctor Hugo, como lo hace Balzac. ¿Y *Las reglas morales* del padre Finisterre?, ¿*El libro sagrado de los sentidos* de Tzao Kinouki?

Las orillas del tiempo, Carlos Soto Cabrales, no lo conoce. La portada es una constelación, un remolino, una idea. A un lado están los cinco tomos de la Historia de México de Lucas Alamán que tanto ha esperado, pero no existen ahora. Nunca ha visto una portada así. Hilos de plata, un divino cofre. Voltea a ver el otro, el de terciopelo rojo que descansa sobre la mesa de caoba, con su candado brillante de plata que cada semana se limpia junto con las vajillas, los candelabros, las escupideras y los cubiertos. Mantiene el libro en su mano derecha, lo acaricia. ¿Un ángel? ¿El manto de una Virgen tachonado de plata? ¿Por qué tanta pregunta? Las preguntas llegan cuando no hay nada que hacer, y sobre todo las trascendentales. Una mirada tras él. Voltea, la mucama está en la puerta sosteniendo una charola.

—La señora me manda a traerle té —la sombra de la mujer crece tras ella como un enorme fantasma. Hay que santiguarse.

Juan Nepomuceno Almonte, antiguo mariscal del Imperio de México, exembajador de la República mexicana en Inglaterra, Bélgica, Estados Unidos, Argentina, Colombia, capitán niño del ejército de los Emulantes, hijo del Siervo de la Patria. El sonido de la taza sobre la bandeja, de la cucharita muestra el nerviosismo de aquella mujer. Siempre el miedo, el mundo se rige por el miedo. Sin el miedo todo se paralizaría. Los grandes gobernantes, los generales, los empresarios, los artistas no tienen miedo. Por eso son tan peligrosos. Y él cada vez tiene más miedo. El libro en su mano respira y amedrenta. ¿Por qué? Ha leído en algún lado o se lo ha dicho algún maestro, de esos locos que se dedican a dar clases de Historia, que todo se escribe en el mismo instante en que se lee. La lectura es un hábito, los jesuitas en Nueva Orleans, una inercia, una vergonzosa necesidad de sobrevivir. Sobrevivir, ¿cuánto tiempo? Père Lachaise, Lolita, la generala Almonte, como le dicen, su insoportable compañera, ha pagado a sus espaldas una propiedad para, en su momento, estar más cerca del cielo.

Página cien, número cabalístico. ¿Por qué no comenzar a leer en la página nueve?, porque no hay tiempo, porque la vida se va acortando cada vez más, porque la vida en París es más corta que en ningún lugar del mundo. Muy corta, general, le había dicho su alteza Eugenia de Montijo aquella noche. Oh, mujer hermosa, olor a maderas, todo concentrado en esas esmeraldas que rodeaban el cuello blanco, perfecto. La inteligencia y el poder se convertían en ese brillo verde. Eugenia y las Tullerías. Se había tenido que detener en un pilar de malaquita. Preferible haberse exiliado en Nueva Orleans, entre negros y cobardes. Pero entonces tenía once años, y aunque estaba solo, con la zozobra de lo que pudiera pasar en su país, tenía once años. El exilio a esa edad era algo muy diferente, muy diferente. Había esperanzas. Al principio no podía dormir, esperando a diario la carta, las noticias sobre la toma de una plaza, la pérdida de la otra. Había llorado por el fusilamiento de Matamoros, de Galeana, por el fusilamiento de su padre. Poco a poco fue moldeando su propia vida en ese puerto lejano, viviendo ese día a día que lo alejaba cada vez más del pasado, hasta borrar su país. Había que matar el hambre, aprender a trabajar, a beber, aprender ese idioma que se volvería su tercera lengua. Primero el francés, luego el español y al final el inglés.

Y volvieron las lluvias, de repente…

El frío aumenta, pero el té y la lectura, y ese canapé de lana gruesa y la manta de oso, y la lluvia en ese campo mexicano, lo calientan. Adiós al gris del mundo, al gris del futuro. Ya no debe haber ideales. Eso lo anula la vejez. Ya no esperar como antes un ideal de nación, un ideal de mujer, ni al fantasma del padre que ya no se atreve a acercarse, o del amigo que no recuerda. Solo alguien. Ahora está cerca, lo puede encontrar en la puerta de su casa, en la esquina del boulevard, en el *bistro*. O solo imaginarlo ahí, a unos cuantos metros de donde se encuentra él, ensimismado en sus papeles, en un libro, soñando.

Levanta la taza y la acerca a sus labios. Es una taza de filos dorados, con motivos chinos verdes, rojos y negros. Es tan delgada como una hoja de papel. Dinastía Ming. El té, al acercarlo le acaricia la nariz, pero al dar el primer trago lo abofetea.

Dolores abre la puerta con sigilo, el leve rechinido la detiene, pero el golpeteo de la lluvia sobre el cristal de la ventana amortigua el ruido.

Se decide, todo está muy oscuro. Baja la escalera deteniéndose del barandal que cruje a cada paso. Llega a la estancia, conoce cada baldosa, no hace falta luz para cruzarla y llegar. Se pone el chal sobre la cabeza y sale, el viento le moja el rostro. Da un paso. Siente la fuerza del agua y la piel se le eriza. Efrén aparece de pronto, iluminado solo de la mitad del rostro; una pequeña vela que cuida entre sus manos acaricia su piel y su ojo derecho, su pupila dilatada con ese claro azul, la mitad de su boca que frunce en una mueca.

—¿A dónde vas? —un trueno estremece la casa y borra la voz como un hachazo.

Ella mira asombrada esa bien conocida mitad de hombre y se le viene encima una línea interminable de imágenes. La lluvia sigue cayendo sobre su rostro.

—Solo voy... —otra vez un trueno y, por un instante, se detiene la noche...

El techo es del siglo xvii, la Avenida Montaigne no ha sido tocada por Haussmann. Nadie sabe si la modernidad será capaz de renovar ese barrio. Un azul desvaído y algunos ángeles regordetes, nubes casi perdidas, un carro tirado por seis caballos, dos a punto de borrarse por completo, el dios Apolo ha perdido media cabeza y un brazo. Los objetos también olvidan. El techo necesita reparaciones, también las paredes y los pisos. Es tacaño el general Almonte. Él se defiende diciendo, en tono sarcástico, que solo es un conservador. ¿Y esa oscuridad? Y por un momento quiere asomar la cabeza a la plaza de l'Étoile, quizá la podría ver, a ella, a Dolores, al personaje que acaba de descubrir en una sola página. La vida está llena de cosas tan extrañas. Pero no se levanta, ni sale de su casa, sigue leyendo porque sabe que aunque fuera por las farolas, lo molestaría la luz. Y prefiere la oscuridad. En las ciudades la noche se está extinguiendo, dentro de poco tiempo la luz se mantendrá día y noche. ¿Por qué? Siempre hay algo despierto, alguien despierto que acecha, es ese temor de las ciudades por quedarse dormidas y sucumbir a cualquier cosa. Esto mismo sucede en Londres, la luz y la velocidad, nuevas formas de afrontar la vida y dejar un poco atrás el pasado. Se busca solo el instante, dejar escondido el pasado para que no haga daño. La luz, la velocidad y el ruido. Los grandes bálsamos de la vida.

Camina hacia ella. El momento se ilumina de verde. Un instante. Todo. Hasta las vetas de la madera. Todo. Hasta la taza despostillada. Todo. Hasta la tela de araña, el retrato, el agua turbia dentro de la jarra de cristal. La vela está apagada, la oscuridad se come al ojo. Es un hecho que ella ha salido de la finca, porque se escucha el grito de Efrén.

—¡Doloreees!

Eso es todo. Los rayos continúan, iluminando por momentos la lejanía y haciendo a la noche cada vez más noche. Nada se ve.

Poco a poco se van formando unas siluetas, y aparecen los ojos de Efrén, muy abiertos, y su torso brillante, casi líquido, que sale a la penumbra lluviosa y camina como un ciego, gritando. Sus brazos se alzan, su cara mira hacia las nubes.

—¡Dolores!

Ánima que deambula por ese mundo que no es el suyo, porque el deseo y la soledad los sacó y los puso en otro, por eso camina de esa forma, con las piernas muy abiertas, inseguras, perdiendo el rumbo. Tropieza varias veces, sus manos hacia delante, queriendo atraparla,

hasta que por fin cae, se hunde, como siempre sucede, como se quería
dejar asentado. La lluvia cesa y todo por fin descansa.

El libro a un lado, sobre la mesa. De nuevo los pasos sobre
la duela, la ventana, la oscuridad exterior. La oscuridad se ha
comido a la luz y se ha ido formando un cielo quebradizo, una
loza de hielo muy delgada, sin fondo, demasiado vertical,
una noche que nunca llegaba a ser la noche, pero que puede
servir para iniciar un ataque. Abajo, la calle con sus hermosos
edificios y sus árboles parece un camino de hormigas, una
procesión de inocentes que esperan llegar a cualquier lado.

—No hay cosa más triste —dice, rascándose el brazo—,
¿y si lloviera aquí también y la noche fuera más oscura?

En el fondo del salón, el perro levanta las orejas y menea
la cabeza hacia el lado derecho, como si estuviera realmente
interesado en lo que dice el general.

Afuera no hay sonido alguno, todo está mudo, la calle
vuelve a tener la paz y su anterior nombre: Calle de las Viudas, mujeres de negro con enormes vestidos, mantillas, abanicos;
mujeres que no tocan el piso, ni miran hacia los lados, mujeres
viudas. El silencio es igual al que antecede a las catástrofes, al
que antecede a la batalla. Ese silencio de ceremonia, de respeto. Sitio de Cuautla, 1812. Todos los Emulantes, los niños
soldados en perfecta formación, algunos descalzos, otros tan
pequeños que se podría pensar que acababan de aprender a
caminar. Pero firmes, serios, levantando el rostro y cargando con orgullo el cuchillo, el palo, la resortera. Entre ellos
él, todos mudos, escuchando las palabras del gran general.
Juan tenía entonces nueve años pero ya había demostrado su

valentía, además de su sagacidad y don de mando. El hombre del paliacate habló: Juan Nepomuceno Almonte, que dé un paso adelante. Y él, gallardo, lo hizo. A partir de hoy lo nombro capitán del batallón de Emulantes, con todos los derechos y obligaciones que guarda un soldado de ese rango. Y le entregó la espada que apenas lograba sostener. El sitio iba a durar setenta y dos días, pero aún no lo sabían. En la madrugada, el ejército virreinal, comandado por el general Félix María Calleja, atacó Cuautla, donde él y su padre, con su ejército, se habían instalado. Los gachupines creían que en poco tiempo tomarían la plaza, pero no lo habían logrado. Son más de siete mil, había escuchado Juan, quien daba órdenes a su ejército de pequeños soldados. Recordó que aquella noche había sentido mucho frío, siempre el frío. Ellos eran tres mil, eran mestizos, mulatos, eran campesinos, peones y niños. En esa primera batalla Juan permaneció con su batallón en la retaguardia, en la plaza de San Diego. Adelante estaba Hermenegildo Galeana con su ejército. Poco a poco el murmullo había ido creciendo, hasta convertirse en gran escándalo: las balas zumbaban y los cañones no dejaban de rugir, los gritos de los hombres y el estertor de los caballos, los gritos de las mujeres, el ruido que hacían los cascos de los caballos sobre las piedras y un ejército de termitas que marchaban bajo el suelo. Cuando las tropas realistas atacaron, los insurgentes tuvieron que replegarse y alguien empezó a correr la voz de que habían sido derrotados. Hubo desconcierto entre los niños y Juan, con una voz quebradiza, se había dedicado a calmarlos; que no rompieran filas, que esperaran las órdenes de los superiores, pero no era fácil. En medio del desorden, Narciso Mendoza, uno de sus subalternos, con doce años cumplidos, le gritó: «Mire, capitán». Era un cañón cargado con la boca dirigida hacia la calle por donde venían los realistas. Juan había visto también la tea encendida. «Préndelo», le había gritado, sin pensarlo más. Narciso la tomó y encendió la mecha. «Agáchense», gritó Juan y todos se agacharon. El estruendo de la explosión y la metralla que había caído sobre los realistas los hizo retroceder. A lo lejos no se miraba más que humo y bolas de fuego que rebotaban sobre las paredes, algunos gritos. Todo era confusión y caos. Los realistas estaban desorientados y Galeana pudo reorganizar a sus tropas, resistir mientras llegaba la ayuda de Morelos, Matamoros y Leonardo Bravo. La batalla continuó, yéndose la victoria al bando de los insurgentes. Juan veía volar muchos de los cascos de los soldados realistas que se empezaban a pasar al bando de los insurgentes. Y ganaron, y lo que habían sido gritos desesperados se volvieron vítores. Su padre le había otorgado a Narciso el grado de alférez, a él solo le había dado un fuerte golpe en la espalda y le había sonreído. Entonces comenzó el asedio.

El escritorio de madera pulida como espejo, el cajón que apenas hace un breve sonido, la carpeta de piel que coloca sobre la mesa. Al abrirla el olor lo hace cerrar los ojos. Busca el sobre, con mucho cuidado despliega el papel y lo lee en voz alta, poniéndose la mano sobre el pecho.

Nosotros hemos jurado sacrificar nuestras vidas y haciendas en defensa de nuestra religión santa y de nuestra Patria. Ya no hay España, porque el francés se ha apoderado de ella. Ya no hay

17

Fernando VII, porque él se quiso ir a su casa de Borbón en Francia y entonces no estamos obligados a reconocerlo por Rey; o lo llevaron a la fuerza, y entonces ya no existe. Y aunque estuviera, a un reino conquistado le es lícito reconquistarse y a un reino obediente le es lícito no reconocer a su Rey, cuando es gravoso en sus leyes que resultan insoportables, como las que de día en día nos iban recargando en este reino los malditos gachupines. Os diré por último que nuestras armas están pujantes y la América se ha de poner libre, queráis o no queráis vosotros.

José María Morelos

II

El general me contó que en 1820 volvió a Carácuaro. El templo aún existía, pero estaba en ruinas, me dijo mientras le daba un sorbo a su *brandy*. Pesado y sencillo, con su pequeño campanario y su cúpula vencida parecía un sobreviviente de una batalla. Antes de entrar me dijo que había mirado hacia arriba: el gallo de hojalata que giraba y giraba cuando era niño y había buen viento ya no estaba. Dentro del edificio, al levantar la vista, solo vio aquel círculo azul coronado de ramas, como el ojo de un Dios todopoderoso y seco, lejano, hostil. También me contó que las palomas anidaban en todos los rincones y su alboroto daba mayor fuerza al silencio. En la parte superior del altar vacío un gato lo miraba fijamente, como aquel, me dijo señalando a otro gato que, por coincidencia, descansaba sobre la barra del bar. Me senté en un pedazo de la cúpula y lloré, me dijo. También me dijo que luego había salido y había caminado hacia la casa, que hacía un calor del demonio y que los perros que salían de las puertas de madera, ladrando, le recordaban a su infancia. Abrió la puerta con esa llave grande y simple que le había entregado su tutor junto con el dinero, meses antes de salir de Nueva Orleans. Aunque, en realidad, dijo, era más pequeña de lo que la recordaba. La casa estaba

19

vacía casi por completo, solo en su vieja recámara, en un rincón, estaban todos los tesoros. Los vidrios estaban manchados, pero habían resistido. Solo uno, el del lado derecho, estaba estrellado de una esquina. Era como el trozo de un recuerdo. Había un ropero sencillo, abajo seguían sus dos cajones con agarraderas de cuero. Un cajón guardaba una carpeta tejida, quizá por mi madre, me contó; el otro contenía algunos sobres con correspondencia de su padre que quiso leer en ese momento, pero eran tantos que mejor los guardó con cuidado en su carpeta de piel que siempre cargaba. Al abrir las puertas de ese ropero habían aparecido el traje y el sombrero, junto con la sotana hecha girones, solamente. Había un pequeño escapulario que colgaba inmóvil frente a la ropa, solo, me dijo, demasiado solo.

Ni siquiera quiso quedarse a dormir, la cama le dio asco. Dejó el pueblo sabiendo que no iba a volver nunca, recogió las pocas cosas que pensó tenían algún valor y salió. Me dijo que no quiso voltear cuando se alejaba entre nubes de polvo, que recordó a aquella mujer bíblica que al voltear se había convertido en estatua de sal, pero que no fue tanto por eso que no volteó, sino porque le dolía, en ese momento, me dijo después de darle otro trago al *brandy*, el corazón. Me contó también que en esa caja había unas tijeras de plata que, según su padre, habían pertenecido a su abuelo, también unos guantes de cuero muy suave, una balanza para pesar sacos de harina, una pequeña imagen de un santo; pero de eso, me dijo, nada estaba, y era como si estuviera en un lugar donde nunca había estado, como un girón de recuerdos de otra gente, solo un girón. Entonces el general se había quedado viendo cada objeto del bar donde ya habíamos bebido varias copas, miraba todo con gran detenimiento y una especie de sorpresa en su rostro, como queriendo apropiárselo. Y comprendí un poco lo que le sucedía. Es el lugar donde hubiera querido descansar, me dijo. ¿Pero a quién pedírselo? ¿Quién se podría encargar de llevarme ahí y enterrarme en ese pequeño cementerio que mi padre inauguró con la tumba de su primera mujer? Luego se había quedado callado, mirando el fondo de la copa. Después reaccionó y pidió que se la llenaran.

La vuelvo a ver como aquella tarde, con sus trenzas gruesas y sus enaguas que bailaban con el viento. Llevaba una blusa muy blanca y su sonrisa llenaba la tarde. Me sentaba junto a ella, en el primer escalón de tres que había para entrar al atrio de la iglesia. Ahí, junto a ella, me envolvía su olor agrio, a humo y nixtamal, a sudor limpio, de agua cristalina, me dijo. Son pocos los recuerdos de esa época, no hay movimiento, es como si fueran estampas que se persiguen. Mientras salíamos a la noche fría y oscura, de un Londres asfixiado entre la niebla y el humo del carbón, mientras esperábamos a que el coche nos recogiera, el general me tomó del brazo y me dijo: Es una gran responsabilidad ser hijo de un héroe.

Durante esas veladas que duraron muchos meses y que podían prolongarse hasta altas horas de la noche, el general hablaba de libros, de exposiciones y, sobre todo, de la situación del país. Fue ahí donde me contó su idea de ofrecer el trono de México a un emperador europeo, sería la única forma de devolver la paz al país y detener el expansionismo norteamericano. A mis preguntas sobre qué hubiera pensado su padre de que el país volviera a ser gobernado por un país extranjero, sonrió.

21

Mi padre luchaba porque le devolvieran el poder a Fernando VII, dijo, y claro, dar un poco más de poder a los criollos y a los mestizos, pero nunca pensó en crear un país independiente. Las consecuencias son visibles, siguió diciendo, mire cómo está ahora. Mucho tiempo después me enteré que el general había participado en el convenio de Londres, que había vuelto a México junto a las tres potencias extranjeras y se había querido proclamar presidente. Pero eso fue después. En esas caminatas nuestras pláticas versaban más sobre arte y naturaleza. El general leía mucho y estaba al tanto de todas las novedades literarias en inglés y francés. Los cielos de Turner son mejores vistos por el alma del pintor que por sus ojos, exclamó una tarde al salir de la exposición. Luego se quedó mirando el cielo que, a esa hora, como coincidencia, tenía reflejos violetas y tenues azules, y una nube oscura que estaba flechada por dos hilos de luz. Olvide mi comentario, dijo. ¿O será mi alma la que está observando? Con él visité muchas veces el Museo Británico. Podía pasar horas mirando una sola pieza egipcia, o las pequeñas tablillas de escritura cuneiforme. En una ocasión, mientras descansábamos en una banca, me dijo: No cabe duda que el hombre ha sido el constructor más destructivo de la historia del mundo. Y luego recapituló: O el destructor más constructivo, solo Dios lo sabe. Siempre hablaba de Dios, creía mucho en Dios, no sé si por ser hijo de un cura excomulgado.

El general decía que, además de los restos de su padre, que estaban resguardados en una caja de terciopelo rojo y con candado de plata, y que a pocos dejaba ver, tenía una caja de madera forrada de cuero que afirmaba había pertenecido al cura Hidalgo. En ella había dos pequeños frascos de vidrio esmerilado. Eran para dar los santos óleos, me dijo el general, y este es un Nuevo Testamento muy antiguo que también le perteneció. Era un ejemplar que no tenía fecha, pero que pensaba uno que se desbarataría entre las manos. Nunca había visto una biblia tan antigua, tan primitiva. El general recordó que fue de los legados que le dio su padre, y que él se llevó a Nueva Orleans. Si no me la hubiera llevado, se habría perdido. Cuando me invitaba a su casa, su mujer, Dolores Quezada, una mujer muy ruda y mal encarada quien no se imaginaba que en un futuro cercano sería dama de compañía de una Emperatriz belga, nos atendía con brusca solicitud, siempre callada. Pero cuando algo se le preguntaba, contestaba con una voz muy hermosa, cantarina. Hablaba un inglés perfecto, lo mismo que el francés, a diferencia del general, que nunca pudo quitarse ese acento de indígena americano. El general y yo caminamos muchas veces juntos y gran parte de la ciudad de Londinium, como la nombraba él. Le gustaba mucho que lo acompañara a ver las ruinas de las murallas, de las torres, y ahí imaginar cómo sería aquella ciudad que en el siglo II llegó a tener sesenta mil habitantes. Le gustaba que camináramos junto a los restos de la muralla e imaginar la magnificencia de aquella ciudad fortificada. Imagine usted, me decía, al procurador Julius Classcianus, tratando de salvar la ciudad de los embates de Boadicea. Y luego guardaba silencio y su mirada se perdía en aquellas piedras, y quizá volaba hacia su país, donde él mismo había librado grandes batallas. Este lugar me lo enseñó mi maestro, el señor Michelena, me decía con gran orgullo. Cuando llegué a Londres fue él quien me llevó a presentar credenciales con sus majestades en el palacio de Buckingham, quien me presentó con todo el cuerpo diplomático avecindado en Londres. Y luego, con una sonrisa pícara, me decía: También fue él quien me hizo un adepto de la ópera y del teatro, y de esos salones que usted ya conoce. Así charlamos infinidad de veces, hasta que una tarde recibí una carta sellada con el escudo de México, donde me avisaba, de forma muy escueta, que se marchaba de Londres, que regresaba a México por una misión especial, pero no me dijo más, y yo no pregunté, sabía que no debía preguntar. Eso lo sabemos muy bien los diplomáticos.

III

—Está lista la cena —dice Lolita. Rostro de toronja amarga, un rostro que últimamente cada vez más repulsión causa. Vestido color salmón de seda, peinado a la moda. No hay forma de verse hermosa.

Tantas veces ver a una mujer vestirse y desvestirse, tantas veces verla cambiar de peinado, tantas veces la voz, la ironía según las modas. ¿Por qué ahora la observa con tanto detenimiento? Su voz ha ido cambiando, su caminar, su risa. Quién dijo que los seres humanos no cambiamos. Hay que reconocerlo, ella es el único ser humano que le ha sido fiel, que no lo ha criticado, que no le ha dado la espalda, que cree en su valor, en su honestidad, pero... Los seres humanos sí cambiamos y también nos equivocamos.

—Voy, mujer —dice cerrando el cajón con gran escándalo.

Su esposa, al contrario, cierra la puerta sin hacer ruido. Lolita nunca hace ruido, a ella a veces le gusta pasar desapercibida, nunca levanta la voz a menos que el momento lo amerite. Siempre esa barrera invisible, esa barrera pacífica, en la mayoría de los casos, entre los dos. Y así debe ser, porque a una esposa no se le puede tratar como a una *cocotte*. Pero con ella le hubiera gustado alguna vez, ¿por qué no?, hablar de manías, de cosas un poco sucias, de esas que se piensan y al momento se borran de la mente, que se hablan con las putas; hacerle el amor como si fuera otra mujer, una desconocida, con la que no se tiene que tener consideraciones, invitarle a bailar y a beber a algún lugar prohibido de París. Qué cosas, no hay mujer más mocha y persignada que su esposa; no hay mujer más dada a las habladurías, con más envidias, que ella, y en eso se parecen, él no lo puede negar. ¿Y Dolores?, la protagonista también se llama Dolores. ¿Si él fuera parte de ese libro? ¿Si él también fuese solo letras? La madrugada y Dolores junto a él, esa otra Dolores que apenas conoce. Unas páginas solamente y ya la sueña. Ese escritor no es malo, sabe meternos en la historia. ¿Se podría uno enamorar a primera vista de un personaje? Qué cosas piensa, cosas de viejo, no cabe duda. Y que él fuera ese Efrén, que lo fuera conociendo como él mismo se había ido conociendo después de seis décadas. Efrén es joven, y cuando se es joven la vista no tiene límite, nada lo tiene, ni el dolor, la frustración, el coraje, la envidia, todo duele más, por eso los jóvenes logran lo que logran, no se detienen. ¿Cómo sería realmente Dolores si no estuviera solo en el libro? Dieciséis años y cojea un poco de la pierna derecha. A Efrén le gusta acariciarle la nuca, a él también le hubiera gustado, ahí, en donde nacían infinidad de cabellos pequeños y delgados. No son como los del pubis o los de las axilas, tampoco como los que forman esa cabellera que le llega a media espalda. Son realmente sutiles, líneas negras como las de la caligrafía oriental. Juan sonríe, como está seguro que sonreiría Efrén después de hacer el amor con ella. No hay que seguir pensando en eso. Los viejos se agotan fácilmente. Sale de la biblioteca.

Una cena igual a todas las cenas, cada día el hambre crece al igual que el silencio. La mesa se ha convertido en un espacio que solo sirve para alimentarse, nada más. Adiós a los silencios incómodos, ahora son tan placenteros como la sopa caliente. El único compromiso debe ser con el estómago, saciar la gula y nada más. El sonido de la cuchara sobre el plato, del tenedor rayando la porcelana, la tos, el eructo, la charola, los cubiertos rozándose uno con otro. Hum, tantas cenas inoportunas donde la comida quedaba como lo menos importante; tantas reuniones en Londres, en Buenos Aires, donde todos los comensales tenían el compromiso de no dejar que el silencio se adueñara del espacio por más de un minuto. ¿Está caliente el caldo? ¿Quieres más vino? Hoy no llegó correspondencia, el viernes es la recepción con el cónsul… Las frases de siempre que son solo aderezos para la comida. Termina de comer y se limpia la boca con gran lentitud. La servilleta almidonada tiene una A y una Q que se entrelazan. Es como una maldición, las dos letras siempre entrelazadas.

Solo nuevamente, en su refugio. Enciende un cigarro y se sirve un coñac. Se sienta en el sillón de cuero viejo, mira el libro, suspira y cierra los ojos. Ahí está Efrén, apestoso a todos los olores de la noche. Dos cuerpos juntos, minutos de un gozo infinito. Un aro de luz se forma en la alfombra y, con la piel de Efrén encima y una secreta culpa, piensa en Dolores.

El cigarro se ha extinguido. Se levanta y camina hacia el escritorio, hacia el papel y la pluma. Tiene que contestar, pero ¿para qué? Es fácil vivir sin futuro, y más en París. Porque hay dinero, y con dinero baila el perro. Con dinero no importa dónde vivir, si en México o en París, en Londres o en Nueva

Orleans. No importa que sea un exiliado, un prófugo, el hijo de un héroe, el hijo que traicionó al mismo país que su padre había defendido con su vida. Eso piensa la mayoría de la gente y a él ya no le importa, para qué discutir, para qué sacar artículos en los periódicos o pedir a Juárez que lo deje volver a México. A nadie le importa que él haya luchado por la independencia, que haya participado del sitio de Cuautla, que haya luchado en El Álamo, en San Jacinto, que haya sido prisionero de los texanos y luego enviado a Washington junto con el cojo Santa Anna, que haya sido liberal, porque todos cometen errores.

Se sienta en la silla y se acerca hasta chocar con el escritorio, esa presión en el abdomen da placer. Del cajón de abajo saca el estuche de madera. Lo abre, su aroma no ha variado, su aroma es una mezcla de nuez con clavo y ese veneno que le han dicho que huele a duraznos. Sobre el terciopelo rojo que, como la sangre, ha ido perdiendo su intensidad, está la pistola, dormida. Los objetos, con el paso del tiempo, también olvidan el porqué de su existencia. Hace tanto tiempo. Con sus dedos acaricia cada borde, como un verdadero acto de amor. Una pistola, un ideal. Sobre su sien se siente tan fría y tan dueña del momento. Nueva York, 1850. Cónsul de México en esa ciudad, la tienda de armas de dos pisos, hombres de levita exageradamente oscura y limpia, mostrando en silencio la mercancía sin mirar nunca a los ojos. Un revólver Colt Walker, de acción simple con un tambor de seis recámaras. Los hombres admirando, en silencio, los estantes de hermosos rifles alineados en su perfección. El olor a madera, aceite, pólvora. Las esperanzas estaban de su lado, la vida apenas comenzaba, el mundo era un prodigio... Pero hoy lo que importa es llevar la fiesta en paz, con Dios y con México. *General Juan Nepomuceno Almonte* grabado con una hermosa caligrafía sobre el largo cañón. La pistola guarda la historia más abrumadora; el tambor, el percutor, las cachas que tanto sudor han recibido. Una pistola no solo es un arma, es más que eso, es la magia del mundo. Porque, después de todo, protege el alma, la fuerza, el espíritu, los sesos. Y además adorna al hombre. El soldado y su fuerza contenida en su espada, en la pistola, en el rifle. ¿Eran más valientes los guerreros cuando luchaban solo con espadas, con mazos, con arcos? Decían los textos bíblicos que el sonido también derribaba muros, como las murallas de Jericó ante siete sacerdotes tocando el *shofar*. ¿De qué tamaño serían esas trompetas? Aquellos dibujos de la enciclopedia. Trompas majestuosas que tocaban los tibetanos. Cualquier objeto tenía su porqué, pero también podía ser un arma; las armas no, solo eran eso. En el asedio de Cuautla muchos hombres, niños y mujeres pelearon con piedras, con palos de escoba, con martillos. Apunta hacia la pared, cierra el ojo izquierdo y jala el gatillo. Puede escuchar la detonación, oler la pólvora. Definitivamente nunca podrá ser un hombre de paz. La guerra es infinita, inmortal, inmemorial. Un estuche y su olor se convierten en algo tan importante, más que todo lo que hay en esa habitación, más que lo que hay fuera. Sables, arcabuces, rifles, bayonetas, floretes, dagas, morunas, cañones. ¿Por qué tardaron tanto los chinos en darse cuenta que la pólvora no solo servía para hacer cohetes? Juan sonríe, el revólver vuelve al estuche, recostado como un recién nacido. El general se recarga en la silla y cierra los ojos.

—Adelante, general.

—Majestad, me presento: Juan Nepomuceno Almonte, ministro plenipotenciario del gobierno de México. Junto con mis compañeros, el general Miguel Miramón y el general Tomás Mejía, venimos a ofrecer nuestros saludos y pedir a Su Alteza su intervención...

El primer problema fue aceptar que era la única salida. Dejar en manos de un extranjero el futuro del país. Algo difícil de digerir cuando su padre y él, precisamente, habían luchado tanto por quitarse el yugo de España. Se había arrepentido, aun antes de que el príncipe Habsburgo aceptara ya se había arrepentido, porque tenía sus virtudes, porque no era cualquier traidor o aprovechado como el general Santa Ana; era un hombre de principios, y eso todos en México y en el extranjero lo sabían. ¿De verdad lo sabían? Él había sido el héroe en la batalla de El Álamo, no Santa Ana. Él había apelado para que no pasaran por las armas a los siete texanos cautivos. También había luchado en San Jacinto y, por qué no decirlo, había negociado al final la venta del territorio. No solo había sido Santa Anna, ¿por qué todos lo habían olvidado? Santa Ana era un oportunista, no era mal soldado, ni un mal líder, pero era un oportunista, y no sabía inglés ni francés como él. Después de Michelena él fue el primer diplomático mexicano. Su alteza serenísima Antonio de Padua María Severino López de Santa Anna y Pérez de Lebrón.

—Ridículo —dice ahora frente a la ventana, con las piernas un poco abiertas, el torso erguido, los brazos cruzados atrás, como si estuviera observando el transcurrir de una batalla.

Santa Anna también vivía exiliado, no sabe si en Colombia, Santo Tomás o La Habana. Qué importa. Ese viejo roñoso nunca se va a morir. Sonríe, no duda que sus paisanos lo volverán a llamar en cualquier momento, porque la memoria es algo de lo que siempre ha carecido su pueblo.

La vida, transitar del presente al pasado, sin tregua, sin descanso. La muerte, el olvido. Eso es lo único que mantiene cuerdos a los hombres. No solo México lo ha olvidado, también Napoleón III y tanta gente. Él había sido invitado a la coronación de su majestad Victoria, quien se convertiría en reina del Reino Unido de Gran Bretaña e Irlanda y emperatriz de la India. *Pompa y circunstancia* de Elgar, la Orquesta Sinfónica de Londres, los caballos, las carrozas doradas, los ingleses con sus banderitas, solo eso, aunque a veces es difícil recordar, o bien porque es doloroso, o bien porque es aburrido o hay una gran ausencia. ¿Dónde había nacido? ¿Carácuaro? ¿Parácuaro? ¿Necupétaro? Su madre nunca se lo dijo, y cómo se lo iba a decir. Y a quién preguntarlo entonces. Su madre tenía el cabello largo y brillante, muy negro, tanto que azulaba y por mucho tiempo Juan pensó que en verdad su madre había tenido el cabello azul. Eso es lo único que recordaba, su cabello. Eso le habían contado de niño, porque el niño Juan Nepomuceno nunca la conoció. Murió en el parto, otros decían que cuando Juan Nepomuceno cumplió los tres años. Su padre tampoco se lo había dicho. Lo llevó a vivir con él y vivió con el cura del pueblo, jugando en el curato, en el cementerio, en la iglesia. El cura se volvió general, el general se fue a la guerra y Juan lo siguió, y su padre lo hizo capitán a los nueve años por su valor y su arrojo. A los diez años, en Chilpancingo, ya con el grado de brigadier y al mando de cuatro coroneles, dio su voto para que su padre fuera nombrado generalísimo.

Orgulloso el niño, orgulloso el padre. El general Juan Nepomuceno Almonte no deja de mirar al frente, hay un cielo gris y unos techos de teja oscura que llegan a México solo para que los barcos tuvieran lastre, para poder cargar el palo rojo. Después de los nombramientos, de las victorias, de las derrotas, su padre lo había mandado a Nueva Orleans y ahí, solo, a los trece años, recibió la carta de manos del licenciado Herrera.

> Mi querido hijo Juan:
> Tal vez en los momentos en que te escribo, muy distante estarás de mi muerte próxima; el cinco de este mes de los muertos he sido tomado prisionero por los gachupines y marcho para ser juzgado por el Caribe de Calleja.
> Morir es nada cuando por la patria se muere, y yo he cumplido como debo, con mi consciencia y como americano. Dios salve a la patria, cuya esperanza va conmigo a la tumba. Sálvate tú y espero contribuyas con los que quedan aún a terminar la obra que el inmortal Hidalgo comenzó.
> No me resta otra cosa que encargarte que no olvides que voy a ser sacrificado y que vengarás a los muertos.
> El mismo Carrasco te entregará, pues así me lo ofrece, lo que tiene el pequeño inventario, encargándote entregues la navaja y le des un abrazo a mi buen amigo Don Rafael Valdovinos.

Tú recibe mi bendición y perdona la infamia de Carrasco.

Tu padre

José María Morelos

*Te encargo que la Virgen del Rosario la devuelvas a la parroquia de Carácuaro, cuya imagen ha sido mi compañera.
A Dios.

Página ciento cuarenta y seis: una persecución, una persecución que nadie ve, que nadie puede comprender cómo sucede, porque está demasiado oscuro. Ni quien la escribió pudo ver nada, estaba demasiado oscuro. Tampoco debe haber entendido cómo la logró escribir. Y sin saber por qué, el general volvió a sentir miedo, uno extraño que no recordaba haber sentido, una sensación que iba más allá de esa zozobra que lo hacía a uno reaccionar, sino que, al contrario, lo dejaba tieso. Eso no sucedía en las batallas, en ellas el soldado intensifica sus sentidos y crea nuevos. El Álamo. Los valientes también sienten miedo, le había dicho el general Santa Anna. De las pocas cosas inteligentes que había escuchado de aquella boca de traidor, porque ese hombre sí había sido un traidor. Sus ojos leían dos líneas de palabras, las del libro y las de su memoria, como si fueran un pentagrama que marca lo que tocan la mano izquierda y la derecha. Nada era tan real como uno lo imaginaba, ni siquiera él, que estaba leyendo en su biblioteca, en ese departamento cercano al Arco del Triunfo, en

París, el monumento a los héroes desconocidos. ¿Hay héroes desconocidos? Esos habían sido carne de cañón y así lo habían sido siempre, desde las guerras médicas, desde las guerras entre romanos y cartagineses, entre aztecas y españoles. Bueno, había que dejar algo al pueblo, siempre tan agradecido. Claro, con los vencedores, hubieran hecho las peores masacres, pero vencedores, porque a los que perdían no se les perdonaba la derrota. Así que morir o salir corriendo, como él. Debería estar en México, vivo o muerto, pero en México. ¿Cuántas veces lo había pensado? Estar en su patria, siendo parte de esa historia que se escribía a diario. De pronto cerró el libro, se levantó y salió de la biblioteca seguido del perro, que no dejaba de mover la cola.

La calle huele a pan recién horneado, pero este huele diferente al de su pueblo, es más sofisticado, menos entrañable. Se levanta el cuello de la capa, se encasqueta la chistera y camina por la Avenue Montaigne hasta llegar a la plaza de l'Étoile. Un arco majestuoso, un gran elefante blanco, cuántas tonterías construye el ser humano, un arco que no sirve para nada, como los mausoleos de Père Lachaise, como las pirámides de Egipto. ¿Cuándo se construiría un arco así en México? Pero no para el héroe desconocido. No, para su padre, para Hidalgo, para... Un suspiro cruza la plaza para tomar los Campos Elíseos. Caminar hundido bajo un sombrero, bajo un cielo abotagado de nubes, bajo la espada de Damocles, hasta la plaza de la Concordia. Sigue caminando en línea recta, cruza el obelisco de Cleopatra y luego hacia el Louvre. ¿Cleopatra traicionó también a su pueblo? ¿Amor? Era lo que convenía hacer. Era una reina muy inteligente, sabía qué tenía que hacer para tratar de salvar a su pueblo. Fue imposible, por eso se mató. No es fácil morir por mano propia. Dios lo castiga. Cleopatra era una salvaje que creía en toros y gatos. El aire frío lo vigoriza, se siente bien caminando rápido, a paso marcial. Es un gran caminante, un gran soldado, curtido. Cómo no lo había pensado antes. Caminar siempre lo hace sentir bien. Es peor quedarse en casa, cobijado como un anciano, escuchando a la esposa, especialista en el arte de sacarlo de sus casillas. La gente no lo mira como un anciano, sino como un hombre maduro, entero. Aún se siente joven, siempre ha sido muy sano. El cielo se abre, en ese momento puede suceder cualquier cosa, desde el descendimiento de Dios entre los ángeles, hasta el encuentro con una hermosa mujer, con una bala o con una gran noticia. Y esa expectativa lo hace caminar más y más. L'Hôtel-de-Ville. Se sienta enfrente, en una banca. Algunos faroles iluminan tenuemente el palacio. Un grupo de palomas caminan en círculos. Una ciudad muy similar a un departamento, a una biblioteca, todo el problema es quien la habita, nada más. Ah, la esperanza. Y la verdad no le importa, nunca le ha importado. Por eso nada de política ni de luchas sociales, nada de diplomacia y esas cosas, ni siquiera tener la esperanza de volver a México, para qué. La gente quiere creer en la justicia, pero ¿qué es la justicia?, ¿quién tiene la razón?, ¿quiénes eran peores o mejores?, ¿los liberales, los monárquicos?, ¿Juárez cerrando conventos, destruyendo iglesias? Que si los emperadores eran más justos que los presidentes, que los ministros, que si los reyes en verdad son elegidos de Dios. La Iglesia tiene la culpa, la gente rica tiene la culpa, la gente pobre por huevona, los franceses, los norteamericanos. Es la mala estrella y nada más.

Y con mala estrella siempre se corre peligro. Por eso lo mejor debe ser estar cerca de Dios y de la Virgen María. Su padre le enseñó a tener fe. La fuente apenas escupe un poco de agua apestosa, el frío arrecia. Se levanta, hay que volver a entrar en calor. Volver al libro. Dios muestra los caminos, uno decide. Hacer regresar sus pasos al departamento y sentarse a leer, o ponerse a responder la correspondencia. Suspira y camina hacia el Sena. Una barca oscura y lenta le muestra lo que es la muerte. Dar la moneda a Caronte y cruzar el río, por fin, siempre el agua ha servido para guiar a los hombres, hacia la vida o hacia la muerte. El agua también sana, por eso los ríos, los mares. Hay una carta en especial que tiene que responder, la recibió hace más de dos años, es como un aguijón que tiene enterrado en la piel. Quizá por eso no la contesta, para no olvidarla ni un momento, porque es como si desde otros ojos viera aquel tiempo de su infancia, esa infancia tan breve y todo lo demás. Leerla lo había hecho sentirse joven y bueno, algo extraño. Esa hermosa caligrafía de alguien letrado, que no correspondía con lo que se decía en ella, con quien le hablaba.

Regresa por el mismo lugar, pero ya sin la misma energía. Sus piernas empiezan a entumirse, respira con dificultad. La gente lo atropella en su prisa y él solo se hace a un lado. Una lluvia fina empieza a caer y entonces se rinde. Espera a que pase un coche. Dentro, cobijado en esa oscuridad, mira las calles, la gente, toda esa humanidad que no lo conoce ni le importa que esté o no en el mundo. Solo los recuerdos, solo los recuerdos.

IV

Meses después de habernos conocido en casa del embajador de Suecia, lo encontré en la estación de London Bridge; caminaba con paso rápido, enfundado, como siempre, en un abrigo de lana oscura. Lo saludé y noté, al principio, un gesto de contrariedad que poco a poco fue cambiando. Vamos a tomar algo al bar, me dijo. Los dos teníamos tiempo de sobra. Ya en el bar, el general comenzó a hablar de la estaciones de tren, de lo frías que eran, de la *gare* Saint-Lazare de París y de la necesidad de construir una red ferroviaria en México. No podemos seguir transitando el país en diligencias, dijo. El día era bastante cálido y eso hacía que la gente estuviera de buen humor, lo mismo el general que no dejaba de hablar. Saltaba de un tema a otro, de su juventud a su madurez, de Buenos Aires a la Ciudad de México. El río Misisipi, esa enorme vía fluvial por donde transitaban los barcos con gran esfuerzo, me dejó sin habla, más que el mar abierto, más que Nueva Orleáns, que era un puerto igual de feo y sucio que Veracruz. Llegué a ese puerto de negros y bandidos para estudiar, me dijo. Y me contó que su padre lo había embarcado en aquella goleta para ello. Aunque, más que por sus estudios, su padre lo había mandado allá para que estuviera a salvo durante la Guerra de Independencia. Y me contó que su padre, aparte de cura, había sido carpintero, y que sus abuelos habían sido españoles, no ricos, pero de posición privilegiada. De quien no me contó nada fue de su madre, solo me dijo que había muerto cuando él nació. Recordaba su voz, una voz oscura que cantaba. Se llamó Brígida, me dijo, y fue enterrada en un panteón que su padre, el cura del pueblo en ese entonces, mandó construir exprofeso para ella. Y me contó también que por eso no llevaba el apellido Morelos, porque un cura en México ni en ningún lugar del mundo podía registrar como su hijo a un niño. Pero fue él quien lo crio y lo educó. Y fue él quien lo envió a estudiar fuera en plena refriega. El general, mientras me contaba todas estas cosas, miraba pasar a la gente y de pronto se quedaba callado. Luego continuaba su monólogo pero hablando de otros temas que también le interesaban; por ejemplo, el arte. Él decía que la religión, y en especial la Iglesia católica, había sido una gran impulsora del arte en todo el mundo. Y entonces empezaba a enumerar a los grandes pintores sacros como Fra Angélico, el Giotto, Cimabue, el Greco, Grünewald, y me contó de un convento que de niño visitó con su padre, en una capilla de México de la que no me supo decir el nombre, pero que tenía el techo de madera cubierto de ángeles. Quizá del siglo XVI, me dijo, porque era muy antigua, y recordaba que la orden de los agustinos la había mandado construir, porque recordaba el escudo con el corazón flechado. Y me contó también que cuando regresó de Nueva Orleans había pasado por aquel lugar y solo había encontrado ruinas, y que entre todas esas ruinas habían encontrado unas alas de ángel. Y también me dijo aquella vez, pero como una confidencia, que los restos de su padre, el gran héroe, los conservaba él porque, como había sido excomulgado, no podían descansar dentro de un templo, y para que no fueran mancillados, prefería tenerlos él en ese cofre, y que su padre, que en paz descanse, nunca se imaginó que viajaría a tantos lugares después de muerto. Los seres humanos extrañamos nuestra vida de nómadas, dijo, quizá éramos más felices entonces, sin la posesión de la tierra, sin apropiarnos de un lugar que luego tendríamos que cuidar para toda la vida. Recolectar, cazar, vivir el presente, dijo mientras mirábamos pasar a toda esa gente que iba y venía con gran rapidez en aquella enorme estación. Y también me contó del hambre, de aquel sitio de Cuautla en el que vivió cuando tenía nueve años, de lo que es masticar un pedazo de cuero para engañar al estómago, de lo que es beber de los charcos y estrangular a los gatos, quitarles la piel y cocinarlos como si fueran chivos. Y de cómo eso lo curtió para luego poder soportar cualquier adversidad. Y también habló del arrepentimiento, de todas esas culpas que uno va atesorando a lo largo de su vida y luego ya no puede tirar. De todos esos errores que se cometen en la juventud, de las malas decisiones, de cómo estas pueden influir hasta en la vejez. Y cuando ya no quedaba mucho tiempo para tomar nuestros respectivos trenes, me contó de su orfandad, de esa necesidad de tener una familia, de lo que sufrió por la falta de una madre, y luego por la falta de un padre, porque, aunque convivió con él algunos años, fueron pocos, y aunque toda la gente lo respetó por ser hijo de un héroe, también se le criticó el no ser como aquel, porque es una gran responsabilidad ser hijo de un gran hombre, dijo. Y entonces se levantó y se despidió de mí, como si fuera la última vez que nos fuéramos a ver, y sentí gran nostalgia por quizá no volver a ver a ese hombre.

Señor general don Juan N. Almonte, gran
mariscal de la Corte y ministro de la Casa
Imperial. México.

Mi respetable señor
                    Carmen y, 10 de agosto de 1864

Aunque sin ninguna de vuestra excelencia a qué
referirme, tomo la pluma para recordarle que aun
existe un subalterno de los que militaron a sus órdenes y al mando del señor Morelos, que era
el jefe de todas las fuerzas en 1812. Recordará
vuestra excelencia que cuando fuimos atacados
en Cuautla de Amilpas, hoy Ciudad de Morelos,
por el señor general Callejas, yo fui quien disparó
el cañonazo que valió en gran parte para salir del
apuro en que nos encontrábamos, habiendo yo
sido herido en este mismo lugar por un dragón
enemigo en el brazo izquierdo; y de allí resultó
que por tan gloriosa herida se colocara una ins-
cripción que decía «Calle de San Diego y valor
de Narciso Mendoza», por cuya acción fui hecho
comandante del cañoncito llamado «El niño» con
la dotación de los Costeñitos que también estaba
bajo las inmediatas órdenes de vuestra excelencia.
Este encargo desempeñé hasta que rompimos el
sitio entre diez y once de la noche a la derecha
del Calvario, donde estaba la mayor parte de la
fuerza de mayor confianza del general Callejas,

tomando el llano de Bárcenas rumbo a Anacaplisca y de allí anduvimos por varios puntos yéndonos para el sur. Tendrá vuestra excelencia presente que nunca desamparé las filas hasta la prisión de nuestro valiente general Morelos en Tesmalaca por el comandante don Matías Carrasco que salió de Tepecuacuilco, el mismo que condujo a nuestro desgraciado general Morelos a México, habiéndonos hallado posteriormente dispersos en el expresado Tesmalaca. Después tuvimos que unirnos al general Guerrero que estaba al otro lado del río Mezcala de donde salimos para Jonacatlán en donde sostuvimos la causa hasta ver terminado nuestro feliz proyecto, hallándose en unión nuestra el general don Rómulo del Valle quien puede también dar razón a vuestra excelencia de mí y de mi conducta militar, así como de haber sido pasado por las armas mi desgraciado padre por los españoles en la salida del sitio referido.

Yo también he estado por todo Yucatán y ahora poco en Tabasco, siempre sin cometer una defección siquiera, porque jamás he pertenecido al sistema vandálico de los que llaman liberales, por ellos estoy aquí pasando trabajos porque lo poco que había adquirido con mi trabajo personal trabajando fuegos artificiales lo dejé en Tabasco y solo salí, como todos, con lo puesto por seguir las tropas imperiales. De ello son testigos los señores generales Vega don Manuel y don

Eduardo G. Arévalo, los señores Espejo y Adalid, con quienes nos vinimos cuando evacuamos Tabasco.

Hoy he sabido, por el señor general Marín, que nuestro Emperador hace una invitación a todos los honrados militares de esa venturosa época para que concurran a la celebridad de nuestra Independencia a la capital del Imperio; pero aunque para mí sería el regocijo y placer mayor que pudiera apetecer en el mundo, pues concurriría a tener en esa gran capital la gloria de cooperar a la celebridad de lo que tanto trabajo y sangre nos costó ver realizado, me es por ahora del todo imposible por encontrarme sumamente anciano, cargado de familia y sin recursos como estamos la mayor parte de todos los que militamos en esa época por la que tanto suspiro.

Al dirigirme a vuestra excelencia no es otro mi objeto que hacerle presente que mi situación es bastante desgraciada y por lo mismo le suplico, por nuestra patria y cara independencia, vea si puede conseguir el que se me considere, y que consiga se me den recursos para el transporte mío y de mi pobre esposa y familia para esa capital, porque quiero morir en mi suelo patrio con las insignias de un soldado que no tiene más que amor a las armas y lealtad a sus jefes y Emperador.

Recordará vuestra excelencia que, cuando se dieron los ascensos por los señores generales

Guerrero e Iturbide, fui nombrado coronel de artillería. También tendrá presente que la última vez que nos vimos en Tampico vuestra excelencia quería llevarme para los Estados Unidos y razones que no son del caso referir me hicieron no poder aceptar tan buena acogida como aquélla.

En fin, sin otra cosa más que referirle, tengo el honor de ponerme a sus órdenes como siempre, mandando lo que guste a este viejo coronel su subordinado y amigo que atentamente besa su mano.

Narciso Mendoza

V

Un grito. El horror apretando la garganta, todo blanco, sin dónde asentar los pies, sin sonido ni aroma, solo el horror que se va alejando poco a poco. Abre los ojos, sucio y en pecado, y yergue la espalda recargándose en las almohadas. El pecado, justo y necesario en la vida de los católicos y, sobre todo, de los mexicanos. Abre los ojos, no está el dosel, tampoco la Inmaculada Concepción. Es un cielo azul, infantil, como el de Parácuaro, único, que nunca ha vuelto a ver.

Después de desayunar en la cama y vestirse, abre la puerta; los libros en el mismo lugar, el escritorio, los ventanales. El sol de la mañana acuchilla con fuerza los enormes cristales e ilumina las aves del paraíso, los arbustos, los jarrones que se tejen sobre la alfombra. No siente frío. El libro espera, el sillón al que le llega resolana. Se pone los lentes y lo abre en la página cuatro. ¿Mejor volver a la página donde se había quedado ayer? La persecución que nadie veía. Pero...

—Adelante —dice con voz destemplada.

Lolita entra como siempre, silenciosa, impertinente. Cruza la estancia hasta estar frente a él.

—Llegó esta carta de México.

—¿Quién la manda?

—Félix Zuloaga.

Juan se incorpora un poco y rasga el sobre. Su mujer lo observa en silencio, impaciente.

—El presidente Juárez ha creado el estado de Morelos —dice con un hilo de voz y poniéndose a llorar.

La mano de su mujer aprieta su hombro. Después se hinca frente a él y limpia sus lágrimas con un pañuelo.

—Es sano llorar de júbilo —dice inclinando el rostro para que él le bese la frente. Pero él continúa llorando, llora como en años no lo hacía. Los hombres no lloran, le habían dicho de niño, pero sigue llorando. Por fin, se limpia bruscamente con el dorso de la mano.

—Es justo.

—Sí, es lo menos que se le puede dar a su señor padre.

—Mi padre —dice levantándose del sillón—, ni siquiera llevo su nombre, ni siquiera fui notificado por el gobierno.

—Es Juárez, Juan.

—Sí, es Juárez.

—Si Napoleón nos hubiera seguido apoyando…

La voz es solo un rumor, como las voces de la familia, de los amigos que llegaron y se fueron igual, hace mucho tiempo. Ya no necesita a la raza humana. ¿Es cierto? Qué le importa si lo invitan o no a México, o a los salones de moda, a los bailes. Lo importante es que el nombre de su padre permanezca para siempre. El Siervo de la Nación, el cura que los cuidaba y bendecía, y no su rostro, sino su mano, grande, morena, que sentía sobre su cabeza mientras, frente a la ventana de su cuarto, miraba el árbol de estropajos que cubría con su sombra el pequeño patio. Ahí salía a jugar con Teresa; ella hablaba poco español y le enseñaba palabras en un idioma extraño, que solo ella entendía. El loro también las aprendía y se ponía a hablar. Era un loro rojo de lengua negra, muy grande, que se dejaba acariciar solo por él, porque era suyo. Hasta que una mañana no se movió más y le dijeron que había amanecido muerto, y la muerte fue entonces un nuevo descubrimiento, algo diferente en su vida de niño. Lo tocaba con el dedo y no se movía. Teresa había agarrado al loro de un ala y al niño de una mano. Habían caminado por una vereda hasta el río. Ella hizo una especie de lanchita donde acomodó al animal. El niño la miraba sorprendido. Dile adiós. Y él le dijo adiós. Luego puso la embarcación sobre el agua y vieron cómo se la fue llevando la corriente hasta que se perdió de vista. Entonces se fueron a jugar al campo, olvidándose, por el momento, del loro y de la muerte, mientras corrían y se tiraban sobre los pastos frescos y puntiagudos. Pero la diversión no duró mucho tiempo. A los cuatro años empezó a recibir clases de su padre. La letra con sangre entra, decían. A los cinco ya leía y comenzaba a aprender a hacer sumas y restas. A los siete leía los evangelios y algunas vidas de santos. A los ocho ya era un hombrecito que ayudaba en la casa y estudiaba latín.

Su mujer ya no está, se ha esfumado. Si fuera para siempre. Su mujer desaparece y él no se ha dado cuenta. Ella nunca se irá. Vuelve al sillón y toma el libro, lo comienza a hojear, no hay otra intención más que matar el tiempo. Aparece una imagen, luego otra, muchas imágenes que sorprenden un segundo y luego son cubiertas por otra. De dónde vienen, qué son, qué representan. La oscuridad, solo un abrir y cerrar de ojos. La oscuridad, la luz se extingue para siempre, la muerte, el sueño infinito y la persecución. Página ciento treinta y dos: la persecución que solo se intuye, que sucede en el silencio de unas letras embusteras. Oscuridad de quien escribe y quien lee. Oscuridad frente a los ojos de cada uno de los personajes. Diecisiete páginas sin saber, diecisiete páginas nerviosas, explosivas. Relato oscuro, desconcierta, encanta. Se lee de nuevo, solo por placer, por aburrimiento, por permanecer dentro de esas páginas. La luz aparece de pronto, las pinturas del Greco se adueñan del cielo y luego desaparecen. Entre los rayos que se suceden brilla el filo de un machete, se escuchan el golpe y el grito, un grito que se reconoce como el de alguien que ha perdido algo importante o parte de la razón. Después, solo la lluvia y Juan, desolado como Efrén, da vuelta a la página:

Capítulo VII
Camina por una vereda. Por fin la ve más claramente, lleva un atuendo muy estropeado, húmedo y sucio, y la cabellera revuelta. Camina rápido, cojea, sus pechos bambolean de un lado para otro dentro del escote medio abierto, como si ya no soportaran estar dentro de ese vestido delgado y ridículo que alguna vez debe haber sido hermoso, blanco. Su cabello se le viene a la cara y ella, con un delicado movimiento, lo separa de su rostro. Voltea cada determinado tiempo, sin dejar de caminar. Se limpia la nariz con sus manos mugrosas y murmura algo.

Un olor a mar, a pescado, un calor húmedo y la vegetación dura y espinosa la llevan al lugar de donde huyó hace muchos años. ¿Lo recordará como yo lo imagino? Dolores apesta, un hedor de días, es tan intenso como el que guardaba aquella cama donde dormía con Efrén; es algo malsano, con todo lo malo que puede haber en el mundo. El peor

48

de los pecados deberá oler así, por eso apesta. De pronto, da un salto y levanta el pie. Una espina le ha traspasado el borceguí. Se sienta sobre una piedra. La sombra que refleja sobre el espacio arenoso es alargada y triste. El vestido se le pega al cuerpo y deja ver, por primera vez, su vientre abultado. Cruza la pierna y trata de sacar la espina de la planta del pie derecho. La espina está muy adentro y se resiste. Tira con fuerza y se queda con una parte. Tiembla y su mente empieza a llenarse de vacío, hasta que una sonrisa aparece en su cara. Él no la va a encontrar. Toca su vientre, lo acaricia… Es el año de 1822, quizá ella no lo sabe. No sabe si sigue la revuelta, no sabe que México ya es independiente, que la Nueva España ha desaparecido, que llagaron un presidente y un emperador, que todo el país es un caos, que las luchas se suceden unas a otras.

—Juan, perdón que lo moleste.

—Sí.

—Hay un propio que trae una invitación para cenar con los Duras este miércoles.

—Sí, claro —contesta, dejando el libro sobre la mesita y levantando su cuerpo con aparatoso esfuerzo, nuevamente.

—Entonces, ¿confirmo?

—Sí… no, mejor no, que nos disculpen, diga que me he sentido mal o… —y caminó hacia el escritorio y se sentó—. Voy a escribir una tarjeta de disculpa— tarjeta membretada con el escudo de un Imperio mexicano inexistente, letra apretada, no hermosa pero bien hecha, donde se notan los años de estudio en Nueva Orleans. Un sobre también membretado, su nombre grabado en letras oscuras que contrastan con el escudo en oro. La guarda. Rotula el sobre y lo entrega.

Hora de tomar el coche. El itinerario de siempre consiste acortar el trayecto y caminar por la Rue des Tournelles hasta el Bofinger. Uf, sonreír y sentarse cómodamente a esperar a los amigos. Este es el día. Esta tarde va a dar la gran noticia, un estado de la República mexicana ha sido bautizado con el nombre de su padre. Sí, todos los viejos exembajadores y excónsules, y los exhombres brillantes se van a sorprender con la noticia, no van a poder esconder la envidia. Así son esos viejos, igual que él, igual que todo París.

—Qué buena noticia, general, debería pedir permiso al gobierno mexicano para volver y celebrar como se merece —dice el señor Gurruchaga, antiguo excelentísimo embajador de Colombia en París.

Juan observa a cada uno con detenimiento. Los cuatro se comportan de la forma que ha imaginado. No cabe duda, su conocimiento de la raza humana cada vez es mayor.

—Quizá lo haga, quizá le escriba a Don Benito.

—¿Y un golpe de estado?, algunos mexicanos hablan de la posibilidad de recuperar el Imperio, si Su Alteza…

Juan no quiere escuchar esas tonterías, aunque…

—¿Qué mexicanos?

—Ah, general, eso no se puede hablar en un restaurante. Ya habrá ocasión de platicar al respecto —y un brillo aparece ante sus ojos, un soplo de juventud, algo esperanzador.

El restaurante empieza a llenarse. Es un lugar económico pero bueno, con gran tradición entre la vieja aristocracia francesa venida a menos y una excelente comida normanda. Los platos son bastos y la clientela amable, lo mismo que los meseros y el dueño. Sus amigos no son ricos y a él no le gusta gastar

50

en restaurantes. Tacaño, dice la gente. Pero no entienden que él ya no recibe dinero de ningún lado. La dote de su mujer, y lo que él ha ahorrado a lo largo de tantos años en el gobierno, es lo que guarda celosamente. Aprendió a ahorrar cuando su padre lo mandó a Estados Unidos. Ahí, en Nueva Orleans, se dio cuenta de lo que valía el dinero, de la rapidez con que se esfuma si no se administra con prudencia. En esa ciudad había vivido en un colegio jesuita; luego, un tiempo no muy largo, con el señor Herrera, quien tenía una casa de una planta cerca de Bourbon Street. Nunca supo de dónde llegaban los recursos para su sostenimiento, pero nunca le faltó qué comer o qué vestir.

—¿Van a ir al restreno del Fausto?

—¿En el Thêâtre Lyrique?

—Dónde más quieres, el Garnier no creo que lo acaben alguna vez.

—El Emperador se comprometió, necesitamos un teatro así. Es París, si tú vas a Londres…

Voces lejanas, murmullos. Son más cercanas las voces de los meseros, de los comensales de otras mesas. Cada vez que llega a la casa echando madres, Lolita le dice que para qué va a esos almuerzos si siempre llega enojado. Ella no entiende, como buena mujer que es, que necesita ir, que necesita criticar a esa bola de viejos, criticar su esnobismo, enterarse de los chismes de moda, ver algún trasero interesante. La ventaja de ser viejo es que a nadie le importa si no pone atención a la plática o se queda dormido. Pobre, quizá, dicen, es lo único, pero quiénes serán los que fraguan un golpe de estado. ¿Será cierto?

—¿En las Tullerías?

—Donde más. Ni modo que en el Eliseo.

51

—Le contaron a mi mujer que su alteza, doña Eugenia de Montijo, llevará al baile un collar…

Si viviera en México sería lo mismo. Podría vivir en Michoacán, alejado de todo y de todos, recuperando tantas cosas. Qué sería de la casa de su padre, ¿la confiscaría también Juárez por ser bien de la Iglesia? ¿O esa, como era tan humilde, no le habría interesado? Un levantamiento, volver a la lucha. ¿Por qué no?, pero no puede ser más directo. Nadie debe darse cuenta de su interés, quizá más adelante…

Por fin el segundo plato. Un chamorro de res, jugoso, suave, rodeado de papas doradas que, sabe, al clavarles el tenedor van a crujir. La saliva aumenta dentro de su boca. El aroma a pimienta fresca, a comino, a orégano, sube hacia su nariz; sus papilas se inflaman más y secretan, secretan. La edad no quita el buen apetito. Gracias a Dios no hay gota, gracias a Dios ninguna enfermedad crónica. Solo vejez. ¿Habrá peor enfermedad? Dios, perdóname por este pecado de ironía. Su padre le decía que el hombre irónico era un reflejo del pecado de soberbia, que el hombre debía ser tan claro como el agua de los estanques, hablar las cosas como eran: *al pan pan y al vino vino*, le repetía el señor cura. El problema había comenzado con la diplomacia. Ahí todo lo que se dice debe tener una capa delgada, pero resistente, de misterio, de ambigüedad. Una frase que pueda significar dos cosas opuestas.

—General, ¿usted ha sabido algo de su alteza, la emperatriz Carlota?

El tenedor se queda a la mitad del camino entre el plato y la boca. La papa ha crujido, la lengua la espera. Parpadea y mira el trozo de papa. Deja que el tenedor siga su trayecto, y luego de masticar con lentitud y de limpiarse la boca, y de gozar el bocado, de dar un sorbo a la copa de Chablis, tose para aclarase la garganta.

—Sigue en Miramar.

—De buena fuente sé que cada vez está más perturbada, que el conde de Flandes piensa enviarla al castillo de Tervuren.

—No, a Laeken, me confirmó el cónsul.

—Qué sabe usted, general. ¿Laeken o Tervuren?

Juan sigue comiendo. Ahora es un jugoso pedazo de carne lo que ensordece la pregunta. Cuando termina, se limpia la boca y deja la servilleta sobre mesa.

—Me disculpan, caballeros —dice levantándose. Abre su monedero y saca dos flamantes billetes de veinte francos cada uno—, creo que con esto es suficiente, tengo que abandonarlos. Espero verlos la próxima semana.

Espera en la puerta a que le entreguen su chistera y su bastón. Siente las miradas y el cuchicheo de sus amigos. Un mozo que parece oriental le acomoda la capa. Al salir siente el golpe del aire helado. Sin inclinar la cabeza camina, pero no hacia su casa, sino hacia la plaza de la Bastilla. Entra a un *bistrot* y se sienta en una mesa que da a la calle. Pide un *brandy* y saca un puro. Por fin solo.

—General Almonte, ¿no me va a saludar?

Voltea y entrecierra los ojos. Un hombre muy alto, moreno, excelentemente bien vestido, lo mira sonriendo.

—Perdón, soy un impertinente, cómo me va a recordar. Soy Fernando Gutiérrez de Estrada Gómez de la Cortina, a sus pies —dice impostando la voz, como burlándose de su nombre tan largo, y que a mucha gente impresiona.

Juan se levanta con demasiada rapidez y se tambalea un poco.

—Fernandito, cómo estás, cómo está Doña Loreto.

—Bien, general, muchas gracias. Superando la pérdida.

—Imagino, pero fue mejor que tu señor padre no se enterara de todo lo que ha pasado. ¿no crees? ¿Quieres sentarte?

El muchacho se sienta y cruza la pierna. Pide una copa de anís y enciende un cigarro oscuro pero muy delgado.

—Están de moda —dice sonriendo—, ¿gusta?

Juan hace un gesto de rechazo con la mano.

—No, muchas gracias, prefiero el puro tradicional.

—Qué noticias tiene de México.

—Pues no mucho, Fernandito, yo creo que tú tienes información más fresca que este viejo a quien ya poca gente recuerda. El tiempo me ha ido comiendo la memoria. No te podría decir ni quién es el rey de España.

—No diga eso, general, no diga eso.

—Bueno, ayer recibí una carta del buen Zuloaga, donde me cuenta que Juárez ha decidido bautizar un estado con el nombre del caudillo, de mi señor padre.

—General, qué buena noticia —dice el muchacho levantando el vaso. Hay ironía, quizá desprecio. O solo se lo imagina, porque los viejos siempre imaginan que los jóvenes los desprecian—. Usted debería estar allá para celebrarlo, pero entiendo, este gobierno…

—Aunque me invitaran, no debo ir, no confío, tú sabes.

—Pero deberían invitarlo, aunque no fuera. Porque sé cómo se las gasta ese indio.

—Así es. Pero no todos los indios somos iguales.

—Claro, mi general, usted no es un indio como él —dice el muchacho un poco avergonzado—, usted fue hijo del gran caudillo y él...

—Gracias.

Un silencio incómodo deja al descubierto un murmullo que va creciendo. Llega más gente, hablan más fuerte. Hombres, mujeres, de todas las clases, todos los idiomas; olores extraños, rostros redondos, alargados.

—General, sé que siempre ha sido un gran lector. ¿Ya recibió los libros de Don Lucas Alamán?

—Sí, pero no los he leído. Estoy leyendo un libro muy extraño que recibí junto con ellos.

—No me diga cuál, *Las orillas del tiempo*.

—¿Cómo lo supiste?

—Todos los mexicanos radicados en París lo hemos recibido. ¿Leyó la carta? —dice bajando la voz.

—No, no he tenido tiempo ni...

—Ese tal Carlos Soto Cabrales está un poco loco, pero la novela es más entretenida que las de Balzac. Y se lo digo por lo bajo porque los franceses me pueden guillotinar, pero... General, la carta es importante. ¿Ha oído algo sobre el golpe de estado?

—No —responde—, sobre el libro coincido contigo, aunque es un poco vulgar, muy moderno, digamos.

—Muy moderno, esa es la palabra. Pero, volviendo a lo otro, usted es pieza clave para que se dé. Se habla de que el rey de Inglaterra y el Emperador de Austria están apoyando a los nuestros y, claro, presionando a Napoleón...

—No recuerdo, ciento cuarenta y tantos, quizá. ¿Te imaginas quién podrá ser el padre del niño?

—¿Cómo quién, general? —contesta el muchacho.

Pero antes de que siga hablando, Juan le confiesa que ha comenzado a leer el libro, sin saber por qué, a partir de la página cien.

El muchacho sonríe.

—Mi padre hacía lo mismo, decía que ya no había tiempo para oberturas. Es su hermano, general, es su hermano. Qué historia, ¿verdad? Pero, sobre el golpe, ¿qué piensa, general?

Juan pide otra copa de *brandy* y empieza a mover su mano sobre la mesa de mármol, tratando de sacar su nerviosismo. Solo la gente tonta o mala hace esas cosas. ¿Por qué este muchacho? ¿No era hijo de uno de los hombres más ilustres de México? Arruinarle su lectura, qué derecho tiene. Gente perversa, gente de sangre enferma de tanta mezcla. Esos que nacieron con cuchara de plata en la boca. Qué sabe este señorito de lo que es pasar hambre, de lo que es dormir a la intemperie y que lo despierten a uno las dentelladas del frío, qué sabe lo que es quedarse huérfano, solo, en un país extraño. No te engañes, Juan, no quieres pensar en lo importante. Un golpe de estado, volver a México, volver a la batalla…

—¿*Monsieur* Cortina?

—Ambroise —grita el muchacho, levantándose de la silla con esa levedad que tienen los jóvenes. Esa levedad irrepetible. Los dos muchachos hablan francés a una velocidad inimaginable, un francés que no es el idioma culto que él ha aprendido; es ese de barrio, de léperos, fueran franceses, mexicanos o ingleses. Ese francés que ha escuchado tanto durante la intervención. Uno combinado con zuavo, con árabe, que se mastica y se revuelve con muchos otros idiomas y acentos.

—Perdón, general, le presento a Ambroise Braudy, arquitecto y excelente compañero de viaje. Acabamos de regresar de España, un viaje único... Ambroise, *j'aimerais que vous* general Juan Almonte.

Las voces comienzan a alejarse, como en el restaurante con los cuatro viejos. Las voces cada vez más lejanas. Pura decepción, pura angustia, pura vergüenza. Qué día. ¿Por qué? La gente a su alrededor con sus sonrisas estúpidas, que espera quién sabe qué, pero que siempre espera. ¿Será que tú esperas algo ahora? Mundo miserable. Ernesto sigue platicando entusiasmado con ese desconocido, de pie, haciéndolo sentir cada vez más pequeño, más insignificante, como si lo estuviera pisando. Dos mujeres pasan junto a la mesa y empujan su silla. *Pardon.* Juan se levanta. Se apoya en la plancha de mármol. Observa sus vetas. Una hormiga camina junto a su mano, la mira un segundo; luego observa a los dos muchachos, sonrientes, y deja caer su dedo sobre el insecto, con mucha rabia, con mucho coraje.

—Me disculpo —dice en un perfecto francés—, tengo que abandonar a los señores.

—General, un placer haber platicado con usted. Recuerde lo que le dije, lea la carta. Usted tiene que regresar a México como un héroe. El pueblo se lo demanda.

El pueblo me lo demanda, niño pendejo.

VI

Están los sueños, están los recuerdos que se van y vuelven, y de nuevo quedan escondidos en la memoria. Recuerdos difíciles de identificar, alto nivel de dolor, incomprensibles, dolor físico. Ahí está la melancolía, ahí la nostalgia, la culpa. Enfermedad de reyes: la gota, le dijo alguna vez el embajador Michelena en alguna de esas largas sobremesas en Londres. No recordar nada más, no hay tiempo y, aunque nítido, incomprensible. El dolor del tránsito, cruzar del sueño a la vigilia, sin conmiseración, sin culpa, pero... El infierno, la nada espantosa y tremendamente aburrida. ¿Y el cielo? Su padre le hablaba del cielo y del infierno, quién mejor que él para hablarle del cielo y del infierno. Quién había tenido la suerte o la desgracia de tener un padre cura y estratega, cura y héroe, no santo, los santos eran para venerarse en los altares. La vida y la muerte deberían de estar llenas de contrastes, fácil la solución. Él, abriendo los ojos a un nuevo futuro como si fuera un joven de quince años, levantándose del suelo, calzando las botas y vistiendo el uniforme para salir a la batalla; el caballo brioso resoplando, tenso al igual que el militar. Pero ¿podría volver a haber batalla en ese momento? Él solo, el baño listo, la casa caldeada. Dios mío, Virgen de los Remedios, gracias. Es el baño, es la

59

tina y esa noticia que no puede sacar de la cabeza. Se desnuda. Enfrente un espejo, una vulgaridad, el mal gusto de los hombres. A quién le gusta mirarse desnudo. Estos franceses, quizá Fernandito. Desde la tina el espejo, una ventana desde donde Juan, entonces un niño, lo mira: calvo, medio flaco y medio pálido, bofo, verdosa la piel, con puntos violetas en las uniones de las extremidades, el poco cabello reseco y erizado. Espera a que el mozo le lleve el jabón y el estropajo. Mientras tanto, se queda observando sus uñas un poco largas, un poco amarillas, y nota extraños vestigios escondidos en ellas. No es la primera vez. Hunde la cabeza para morir ahogado.

Una buena estropajeada. Eso se dice en México. En Europa no hay árboles de estropajos. Pero hay esponjas venidas de los mares del sur. Un baño vigoriza, y si es de agua fría, mejor. Los sirvientes en Europa no se bañan a diario, tampoco sus patrones. Sigue siendo motivo de conversación y de sorpresa el que el general y su familia se bañen a diario. Las dos grandes virtudes de nuestro pueblo, la religiosidad y la limpieza. ¿Cómo podía la gente salir de su casa sin bañarse? En los mercados, bajo los puentes, en los teatros y en los salones más exclusivos de París, el fuerte olor a sudor, a grasa, a estiércol, es tan común como los aromas más exquisitos, el piojo y la chinche, la rata y la cucaracha. No tendría nada de malo si la gente se bañara cada tercer día, ¿pero cada semana? Y los dientes, Dios santo, ese tufo que muchos caballeros y damas de largos apellidos tienen, como si junto con sus títulos nobiliarios también heredaran los tufos de sus antepasados muertos. Se queda más tiempo que de costumbre en la tina, como un ahogado. ¿Por dónde desembarcarían? Veracruz no, son muy liberales; quizá Tampico o Progreso, la

Casta Divina apoya el Imperio, hasta los mayas apoyan el Imperio. Abre los ojos cuando siente la mirada de su ayuda de cámara. Cara de sorpresa. Voy, dice levantándose y escurriendo chorros de agua. Y voltea al espejo. Mirar para no olvidarse. Pero quien está en el espejo no es él, no. Es el retrato de un viejo general mexicano avecindado en Francia. ¿Por qué?, mejor no explicarlo. Solo un viejo mexicano avecindado en Francia que acaba de tomar su baño diario. Él ya no es ese viejo, es el general Juan Nepomuceno Almonte, libertador de México, ministro del Imperio. ¿Qué emperador va a aceptar otra vez el trono de ese país? ¿Quién querrá arriesgarse? Sobran aristócratas. Más de setenta días habían durado sin bañarse en el asedio de Cuautla, pero entonces era un niño; los niños no huelen tan feo, a menos que estén muertos. Pero ¿y los demás? Había hombres y mujeres que tampoco se habían bañado en tantos días, pero no recordaba que hubieran apestado tan feo, o era algo de lo que nadie se percataba cuando se tenía el estómago vacío, los oídos reventados de tanto cañonazo. Cierra los ojos y sueña con las nubes panzonas que no paraban de moverse hasta que el estallido lo despertó. Recuerda cómo se desmoronaban las casas entre los gritos y un olor a carne chamuscada. Recuerda la voz de su padre que explicaba una y otra vez la necesidad de independizarse de España, que ya no era España porque tenía un rey francés y borracho. Pepe Botella, le decían los españoles, un Bonaparte pero tan diferente al gran corzo. Y el gran Morelos, para levantar el ánimo de la gente, había organizado fiestas y bailes entre cadáveres y zopilotes, porque no se iban a rendir tan fácilmente. Y Juan recuerda a la gente bailando la contradanza aun estando hambrienta, aun habiendo perdido a la esposa o al hijo, carcajeándose de la huesuda que no dejaba de rondarlos. Luego se enteró de que Callejas había otorgado un indulto para quebrar a Morelos y a los insurgentes, pero no había logrado nada. Al contrario, su padre le había mandado una breve respuesta: «Otorgo igual gracia a vuestra merced y a los suyos. Es de usted humilde servidor, el fiel americano Morelos». Setenta y tres días sin bañarse, comiendo cielo hasta que se rompió el asedio.

Tiene cita con el notario, pero también tiene que... Se peina con esmero. Muchacho impertinente ese de ayer, pero tiene que buscar esa carta. Muchacho de familia de alcurnia, pero un patán. Esos jóvenes nunca han sufrido una batalla, no saben lo que son el hambre, la sed, el miedo. Han vivido toda su vida fuera de su patria, en esa Europa que tantos creen que les ofrece la felicidad. ¿Por qué morir por México? ¿Y ellos quieren dar un golpe de estado? No, hay que investigar. En general Negrete es incondicional a Juárez, ¿pero Díaz?

Se sienta en la sala, el chofer no ha llegado. Puede subir a buscar la carta, pero no, todo a su tiempo. Una fina y constante lluvia se escucha tras los cristales. El criado lo acompaña sosteniendo el paraguas hasta que está dentro del coche. Se arrebuja en el asiento de cuero y se deja llevar por el traqueteo. La lluvia arrecia, no hay cosa más nostálgica que cuando llueve por las mañanas. Cruzan las Tullerías y baja la mirada. El emperador Napoleón III no, él no. La Plaza de la Concordia es un mar con pequeñas islas negras que se mueven con rapidez. Un hombre que usa paraguas es un hombre sin carruaje, le dijo alguno de esos franceses que se creían divertidos en las aburridas fiestas en las embajadas.

Papeles, firmas, olor a tinta china, a cuero, a tabaco oscuro. Pasos que se comen las alfombras, hombres que van y vienen con carpetas de filos dorados. Estados Unidos es un obstáculo, aunque otra rebanada del país podría abrir el apetito de cualquiera. Hay que escoger un emperador conservador, ja, ja, ja, qué ironía.

—Listo, dice *monsieur* Mercier extendiendo la mano.

Baja la escalera con agilidad y espera el coche en la puerta. La lluvia ha cesado y un azul vergonzoso empieza a aparecer. Pide al chofer que lo deje ahí, a una calle de la plaza de la Estrella, y camina un rato, cada vez más ligero, más excitado, pensando en la estrategia, en cuántas tropas. Regresa a su casa brincando los charcos como un niño. Sube la escalera y al abrir la puerta siente el calor. Se quita la capa y camina por el pasillo. Cada vez es más fuerte el calor que emana de la chimenea y las estufas. Es un buen hogar. Saluda a Lolita sin mirarla y se encierra en la biblioteca.

El libro, la carta. No, el libro. Lo había dejado ahí, está seguro. ¿O sobre el escritorio? El servicio tiene prohibido mover cualquier libro o papel en la biblioteca. El perro lo mira desde su esquina con ojos culpables.

—¿Pullo?

Pero no se acerca. Mala señal.

Camina hacia este.

—¿Pullo?

Junto al perro está un libro mordisqueado. Regresa con el bastón y golpea al animal que, gimiendo, huye hacia puerta. Abre y deja que se vaya, dándole una patada.

—Juliette.

—Señor —contesta la mucama acercándose con rapidez por el pasillo.

—Encierre al perro en el patio y no vuelva a dejarlo entrar a la biblioteca.

Ella asiente y hace una pequeña reverencia. Le gusta que los franceses le hagan reverencias a los mexicanos.

No hay remedio, pero solo es un libro. Revisa las hojas mutiladas, las letras que están a punto de salir del papel y caer como cuentas de un rosario. Poco queda.

—Maldito perro —grita Juan, persignándose—. Es solo un libro, es solo un libro.

La carta. Hay un miedo de no querer saber. La carta estará en el estómago de un animal.

Todo cambia en segundos. Un destrozo, un accidente, un ataque de ira. Y la vida toma otros rumbos. Deposita a la víctima sobre el escritorio y la revisa con mucha delicadeza. La tapa permanece con todo y sus extraños paisajes, solo la marca de unos colmillos sobre la esquina derecha, pero adentro faltan treinta y siete páginas, catorce están mutiladas hasta más de la mitad, faltan ochenta y ocho páginas completas y luego diez están a menos de la tercera parte. En pocas palabras, el perro se ha comido la mitad del libro. Pero qué importa, una noticia cambia la vida.

—Todo es una simple coincidencia —se dice en voz alta—, un pequeño castigo de Dios, una sacudida.

Hay otras cosas que hacer más importantes que leer un libro. Y ese libro mutilado es una señal divina de que hay que dejar la vida sedentaria.

Se acerca a la urna. Siempre lo observa. Él lo sabe. ¿Aún lo puedo lograr? Las cosas nunca suceden porque sí. Por mucho tiempo pensó que lo que él quería con pasión, fuera cosa, gente o animal, lugar o fecha, irremediablemente de alguna forma se destruía. Pero no, hay que luchar.

En 1866 José Manuel Hidalgo, ministro de México en Francia, fue destituido. Todo por no avisar de la evacuación del ejército francés del territorio mexicano. El general Juan Nepomuceno Almonte sería el más indicado. Todos habían coincidido. Había tenido que viajar al país galo por orden de su excelencia, el emperador Maximiliano. Él era el único que podría convencer a Napoleón de que no los abandonara. Juan, el experto diplomático, tendría que demostrarlo. Estratega sagaz, hombre meticuloso y culto. Hombre inteligente que lograba triunfar hasta en las guerras diplomáticas más difíciles.

Así que Juan y Lolita, de quien Doña Eugenia de Montijo había dicho que era una de las mujeres más encantadoras que había conocido, se embarcaron en Veracruz. Había que revisar la situación con detenimiento. No era nada fácil, había que protegerse. El capital a resguardo en un banco de Nueva York y las propiedades en manos de un capataz de absoluta confianza. Venderlas a la brevedad y enviar el dinero a un banco en París. Lo de convencer a su alteza serenísima Napoleón III sería complicado, pero no imposible. Lograr convencerlo de volver a apoyar al Imperio mexicano, un gran reto. Las noticias de Eloin y Loysel lo habían preocupado, pero aun así creía en que algo podía lograr.

Marsella en plena primavera, un puerto más apestoso que Veracruz. Inmediatamente habían querido tomar el tren rumbo a París. Imposible, habían tenido que esperar varios días. Estando aún en Marsella, Juan había recibido una carta del emperador Maximiliano donde lo urgía a convencer a Napoleón, no quedaba mucho tiempo. El tren salió de la estación de Vitrolles con gran escándalo, cruzó las montañas y se adentró en aquel país plano y verde. Durante el trayecto Lolita le tomaba la mano, callada como nunca. Su mirada tenía esa férrea voluntad que la hacía parecer un hombre. Entraron a la *gare* Saint-Lazare, bajaron del tren entre remolinos de gente. Pidieron un coche que los llevara directamente a las Tullerías. Rue de Londres, Rue de la Victoire, Rue Taitbout, Boulevard Haussmann, Rue Montmartre, Rue du Louvre, Rue d'Aboukir, Rue Croix-des-Petits-Champs, Rue de Marengo. Era otra ciudad, hasta París se transformaba. Juan miraba por la ventanilla nuevas construcciones, árboles, estatuas, fuentes. Oleadas de gente cruzaban las calles con sus paraguas, con su prisa. Bajaron del coche, su equipaje fue enviado al departamento que había sido alquilado con antelación. Miró hacia arriba: los techos altísimos, las nubes que se iban oscureciendo. Entró por la enorme puerta y cruzó el vestíbulo. Entró en la sala y entregó la carta. Conocía bien ese lugar, a los pedantes burócratas que hacían mucho más tardados los trámites y las visitas. Por fin se le confirmó que Su Alteza Serenísima lo recibiría en tres días, el 10 de mayo, a las once de la mañana. Lolita sería recibida a la misma hora por la Emperatriz en su salón un día después.

París era una ciudad que lo acogía como a un extraño. ¿Sucedería lo mismo con Londres? Allá, el general Juan Nepomuceno Almonte había sido un muchacho feliz. Llegaron al apartamento y descansaron. Podrían quedarse a vivir ahí después de todo, era del tamaño perfecto, lo mismo su ubicación.

Siempre llega el día. Se pidió el coche con demasiada antelación. El trayecto era corto, casi se podía hacer caminando, pero no era correcto. Un frac de corte impecable y la Cruz de Guadalupe, la chistera, los guantes y el bastón. Llegó a las Tullerías inflando el pecho. Esperó sentado en un mullido sillón, luego caminó por todo ese espacio; las palabras las tenía perfectamente estudiadas, cada frase, la sonrisa, el comentario irónico, el comentario culinario. Las puertas se abrían a cada momento, jóvenes hermosos y bien vestidos entraban y salían, pocas mujeres, apenas algunas que cargaban baldes y escobas, la mirada baja, los labios apretados. Las puertas del Imperio. A las once en punto empezó el trayecto por aquel pasillo de duela. Puertas y más puertas. Seguía los pasos del ayudante de cámara quien, haciéndose a un lado, abrió la puerta. Napoleón III, la misma fastuosidad de Luis XIV, pero impostada. Algo no lograba cuadrar en aquella sala magnífica. Napoleón III, con sus grandes bigotes perfectamente curveados, y vestido también con un frac demasiado moderno, demasiado brillante. La banda roja, la medalla. Se inclinó.

—Amigo —dijo el Emperador con la mano derecha descansando en la cintura y la izquierda sobre una mesa. Solo faltaba la corona y la gran capa de armiño para un retrato imperial. Quizá dos ángeles rechonchos deteniendo la corona sobre la testa del hombre. Sonreía.

El clima, el Emperador del Imperio austrohúngaro, la pérfida Albión, los turcos, el pato de la Tour d'Argent, la Malibrán, pero el tema de México no aparecía. Él esperaba, sabiendo que había que organizar perfectamente el terreno. La idea era proponer al Emperador un acuerdo secreto que sustituyera al de Miramar. En este se estipularía que las tropas francesas permanecerían en México por tres años hasta que el país estuviera pacificado, que el gobierno francés se encargaría del sostenimiento de las mismas y que al terminar ese plazo dejarían sus materiales de guerra. No había que decir lo que ganarían los franceses con dicho acuerdo. Por fin, Napoleón le había preguntado por la situación en México. Juan le presentó un informe que podía parecer un poco alarmante pero que, aun así, dejaba claro que podría salvarse el Imperio. Napoleón se negó. Juan siguió insistiendo. El Emperador se quedó callado.

—Hace poco tiempo usted, general Almonte, me aseguró que México era un país maravilloso —dijo el Emperador cuando Juan abandonaba el salón.

—Es un país maravilloso —murmuró Juan.

Le abrieron la puerta. Sabía que era la última vez que estaría en ese lugar, que había perdido la batalla y que no había marcha atrás. Bajó las grandes escaleras de mármol con tranquilidad. Cruzó los patios y las grandes puertas. Por fin en la calle y el sol lo cegó.

A.V.M. Emperador Maximiliano
Señor, hermano mío:

El general Almonte me ha transmitido todas las opiniones de vuestra majestad y yo ya conocía todas las divergencias que existían entre vuestras apreciaciones y las mías, por la memoria que remitió *monsieur* Bonnard.

A fin de aclarar de una vez por todas las cuestiones pendientes, he hecho preparar una nota que someto a la seria consideración de vuestra majestad; a quien ruego crea en los sentimientos de estima y sincera amistad con que soy el buen hermano de vuestra majestad.

Napoleón

VII

Juan, la carta y el libro. Carta y libro descansan sobre la mesa. Empezar por qué. La carta, sí, la carta, pero... Levanta el libro. Aun con el destrozo que ocasionó Pullo, no ha perdido la esperanza de recuperar las páginas anteriores, quizá Fernandito... Aunque, después de todo, es una necedad eso del pasado, la historia siempre va hacia delante y la vida también, para qué mirar atrás. La carta. La carta espera.

Sentada sobre la arena, mira el mar. Sus pechos grandes y firmes, su abdomen con una ligera redondez, su vestido blanco. Dolores está limpia, su ropa también. Su cabeza está limpia, una habitación vacía donde el aire corre libre, de lado a lado. El mundo está limpio y puro como ese viento que la despeina. Aun así algo llega, con esa ligereza con que recuerdan los niños. No es miedo, el temor se ha ido para siempre, y vienen y van de su cabeza nítidas sombras que están presentes desde hace varios días. Mira su vestido, el mismo, el único, con el que su madre hubiese querido que la enterrasen. Era un vestido que no era de boda, pero que ella usó para casarse. Dolores sonríe, estrujando la tela. Su hermano y ella la habían engalanado antes de enterrarla, pero no con este vestido.

Un jueves, día de la Santa Cruz, cuando su madre se quedó quieta como una de las imágenes de la iglesia. La casa era una ruina y todo lo que la rodeaba era hostil, una bestia invisible y apestosa que, agazapada, los acechaba desde cualquier rincón. Los sirvientes habían dejado solo algunas voces, algunas risas, pasos. Un mestizo hacía la guerra y los tres se quedaron solos, sin saber qué hacer con la tierra, el ganado; cómo se sacaba el agua del pozo, se encendía la estufa, se cortaba la leña, se mataba un pollo, se remendaba una media. Todo se quedó inmóvil, como los dos viejos óleos de los abuelos. En pocos meses la casa perdió al tiempo, la luz y la orientación, y la maleza empezó a comerse los caminos, los pilares, los mosaicos y la poca cordura que aún guardaban los tres únicos habitantes.

Su madre decidió raparse por amor a Santa Teresa de Ávila y por odio a los piojos.

—Ya no tendrán dónde vivir —dijo sonriente, mientras sostenía las tijeras de plata con la mano derecha y los mechones de cabello con la izquierda.

Un camino creado por esos cabellos negros y sedosos, desde la habitación del fondo hasta la cocina, fue el inicio. Dolores los recogió, los amarró con una cinta y los metió en el arcón de madera. Luego fue el incendio del trapiche, la muerte de las tres vacas, de las veintiséis gallinas y del caballo. Los hijos seguían los pasos de su madre por toda la finca. Vamos a rezar y los tres se arrodillaban, vamos a bañarnos en el río y los tres se zambullían en las frescas aguas. Dolores, con un vestido negro de encajes y ribetes rojos, peineta alta y mantilla de Brujas; Efrén con peluca blanca, pantalón y casaca. Así los tres caminaban por los pasillos haciendo sonar sus tacones y sus abanicos como si se dirigieran a una cena de gala o a un sarao en el palacio de los virreyes o de algún noble importante de la capital.

La capilla fue teatro. Las pesadas cortinas de la sala, que se habían llenado de cucarachas, de chinches, de gusanos y de todos los bichos imaginables, se colgaron simulando un telón. Los santos bajaron del altar y se escondieron en un baño. El parque del Retiro apareció como escenario.

Iluminada por dos antorchas, Mercedes la madre cantó y bailó. Era una voz cascada y era un gran escote. Rodeada de los bichos que caían de las cortinas haciendo un ruido seco al tocar el piso de madera y al chisporroteo de las velas, recorría el escenario con facilidad.

Efrén y Dolores durmieron juntos. Mercedes se había vuelto peligrosa. Había que cuidar los ojos, el cuello, el corazón, había que poner una puerta de distancia. Mercedes vagabundeaba por la casa cargando un cuchillo, una aguja de madera, una vieja pistola. Y después la boda.

—¿Con quién van a estar mejor que con ustedes mismos? La gente decente se ha ido de este infierno, solo quedan indios y negros, y no vamos a echar a perder la raza.

Los casó por lo civil y por la Iglesia en la capilla, a donde volvieron a ascender los santos, los floreros llenos de flores apestosas. Figuras ciegas y ratas alrededor del Santo Sacramento. Dos botellas de vino, alubias y un trozo de chorizo flotando en un caldo muy aguado. Los dos muchachos subieron en silencio la escalera. Su madre abajo, bebiendo lo que quedaba de vino. La alcoba. Mucho temor, mucha desesperación. Se acostaron abrazados, con la ropa puesta. El siseo de una lechuza los mantuvo con los ojos muy abiertos, observando en silencio a Venus que, demasiado brillante, trataba de ahuyentar a la oscuridad del mundo.

La noche en que murió su madre cambiaron las cosas. Recostada sobre su cama, bocarriba, con los ojos abiertos y un delgado cabello cano que empezaba a crecerle como plumas de pichón, parecía una de aquellas mártires de los libros religiosos. Un rayo de sol entraba por la ventana y alumbraba un rostro asustado, hermoso. Ojos aún verdes que miraban

73

hacia el techo. Estaba cubierta con una sábana hasta el cuello y las formas de su cuerpo eran las dunas del desierto. La muerte rejuvenecía.

La Meche había llegado a Veracruz veintidós años atrás. Con dos baúles y una carta, desembarcó en ese puerto malsano, lleno de fiebres. Hay que salir de este infierno. Esa primera noche se encaramó a una diligencia con otras tres personas. El calor derretía el alma y los mosquitos se quedaban clavados en el tul que cubría su rostro. Apestaba la tierra.

—No se quede en Veracruz, húyale, escabúllase lo antes posible de este puerto, suba a un caballo o una diligencia, vuele en escoba, corra, este es un lugar de machos, de putas y de zopilotes.

—Está lleno de enfermedades y malignidades.

—Mujeres como usted pescan rápido la malaria, o los íncubos. Unas mueren y las otras pierden la vergüenza.

La diligencia la llevó, en un traqueteo inacabable, por pueblos perdidos en la llanura desmedida. El camino, cuando no estaba atajado de flamboyanes, de jacarandas y mangos, dejaba ver la planicie, demasiado llana, con sus pastos feos y sus abundantes recuas. Paso del Macho, San Juan de la Punta, Peñuela, San Lorenzo, que es sitio de gente de piel quebrada, sobre todo de negros. No es para que haga noche gente civilizada.

—No baje, es lugar de gente parda.

—Córdoba es mejor para reposar.

Hotel flotante en vaho. Cerró los ojos y escuchó la puerta. Una sombra la cubrió hasta hacerla perder el discernimiento. Durmió feliz después de todo.

—¿Pasó buena noche?

—Sí, gracias.

Cruzaron el fortín y vino la barranca de Metlac. El camino angosto, los caballos resbalaban y el sonido de las piedras al caer mostraba lo hondo del precipicio.

—Siéntensen, que si no se hace contrapeso nos vamos pa'la chingada.

Bajaron el profundo cañón, cruzaron un puente de piedra y remontaron de nuevo. Todo era niebla, verdes loros, extraños ruidos y un sol que a ratos se asomaba y luego desaparecía entre las nubes espesas.

A media tarde del día siguiente, entre la bruma, aparecieron las torres de la iglesia de Santa Gertrudis.

—Pronto a llegar.

Las montañas de gran estatura alrededor y el sonido de las campanas, todo era bruma, todo era fortuito.

Las mujeres enlutadas y de altas mantillas miraban entre espantadas y envidiosas su vestido de seda color menta y su sombrero con plumas de avestruz, última moda en Madrid. Los hombres, con sus pelucas tiesas y amarillentas, en las que no era extraño encontrar todo tipo de objetos y seres vivos y muertos, miraban esas polveadas tetas a punto de salir del escote.

—Actriz de teatro serio —contestó orgullosa.

—¿Y a dónde va, señorita?

—A la Ciudad de México, al Coliseo Nuevo, me contrató el señor Vela y voy a firmar un contrato para actuar en seis estrenos de obras francesas.

—¿Francesas? Dios nos favorezca, pero esas obras están prohibidas por la Santa Iglesia. Dios nos ampare.

A las nueve y media de la noche Mercedes estaba encerrada a piedra y lodo, escuchando las campanas del convento de San José. Se asomó a la ventana, no había una sola luz en la ciudad. Se acostó y el ruido del río que pasaba abajo la llevó al sueño.

75

Se despertó temprano, una ablución después de veintidós días. Había escuchado que después de algunos años en las colonias los europeos empezaban a tomar baños a diario, con peligro de perder el cabello y resecar la piel hasta el grado de pescar el paño o la lepra. Por eso las mujeres que había visto lucían tan demacradas, tan secas. Escogió su vestido color lavanda para el viaje.

Caminando por la calle se lo había topado. Venía sobre su caballo, grandísimo, galano, sonriente. La saludó malcriado, tocando su sombrero. Ella lo ignoró, encantada, mirando hacia otra parte.

Regresó a la casa de su hospedador a organizar sus baúles. Al entrar se lo había topado almorzando.

—Mi sobrino Manuel —le presentó Don Sebastián, orgulloso, a aquel hombre joven—. Acaba de vender la hacienda de Jalapilla, porque se va para el oriente, y no precisamente a la China, solo más para el Pacífico.

—¿Qué hace una mujer tan hermosa y elegante en estos lares olvidados de Dios?

Mercedes ya no había cogido la diligencia a Puebla, se había quedado seis semanas con su anfitrión y con Manuel, el hombre grosero por el que había cancelado su viaje a la capital.

La necesidad precipitó las cosas. Mercedes se había comprometido con Manuel, matrimoniándose con fiesta muy sencilla e íntima el día de Nuestra Señora de la Candelaria en la Parroquia de San Miguel, para después manducar un fuerte desayuno y desaparecer en la alcoba conyugal. La primera noche que pasaron juntos ella quiso mostrarse ignorante, pero no pudo esconder la experiencia. Manuel llegó a la culminación con un fuerte quejido y luego la abofeteó, rompiéndole los labios.

—Nunca había gozado así —dijo, tirándose de espaldas y mostrando su formidable corpachón.

76

Fue la única vez que lo dijo y la única vez que la golpeó. Pero siguió haciéndole el amor en silencio y a diario, con las mismas ganas, por muchos años.

A los pocos días comenzó el prolongado trayecto hacia el Oriente, hacia las nuevas haciendas de Manuel. Orizaba, el valle de Santa Rosa de Lima, Acultzingo, Esperanza, San Andrés, Amozoc.

—El vestido negro —dijo él.

Mercedes lo miró con ternura.

—No podemos borrarlo todo cambiándome de ropa.

Atlixco, después Jantetelco. Traspusieron Cuautla y llegaron a Cocoyoc, después a Cuernavaca, Ixtla, Zacapalco e Iguala, Teloloapan y, por fin, San Miguel el Alto, donde nada más llegar, quizá por tanto bochorno, quizá por tanto cambio, quizá por tanto traqueteo, Mercedes empezó a sufrir de dolores de cabeza. Tres meses y dos días. Una mestiza vieja y una joven, calladas, la miraban con desconfianza. Manuel cabalgaba junto.

—Es muy rico —le había dicho la mujer del señor Bringas—, en esta época no se pueden desaprovechar estos prodigios y —sonrió— una mujer sola como usted, extranjera y actriz, bonita pues, qué mejor que tenga un amo de posibles.

Solo apostarse en la hacienda, Mercedes se dio cuenta que estaba embarazada. Manuel sonrió, encendió un puro e invitó a su mujer una copa de Oporto.

Después de amortajarla en esa misma sábana y con un cordel de seda que quitaron a un viejo santo de la capilla, después de enterrarla en lo que quedaba del trapiche y cubrirla con ceniza y tierra, se fueron a la casa grande, se sentaron a cenar y, sin decir una sola palabra, subieron la escalera, uno junto a otro, despacio, en silencio. En la habitación se desnudaron y se metieron a la cama. Efrén había acercado sus labios a los de Dolores y ella había abierto la boca.

El grito ronco de una gaviota desorienta a Dolores, se levanta y camina hacia la casa. El mar en paz, al igual que el sol y las nubes...

Juan se rasca la barbilla. Un gran alboroto. Se levanta y se asoma, la tarde cae sobre la avenida y unos niños se persiguen gritando. ¿Es un pecado leer estos libros? ¿Es pecado sentir placer cuando hay tantas cosas más importantes en la realidad? Del amor y de Mercedes mejor no pensar nada, nunca le ha gustado pensar sobre esas cosas. El amor y las mujeres se padecen, las esposas se respetan y los hombres guardan silencio. Nada más.

Hay cuestiones que resolver. Un poco de trabajo no le hace daño. Cosa rara. Se acerca a la mesa y busca el estuche de las plumas. Saca una hoja y la extiende, mete la pluma en el tintero:

> Muy señor mío:
> Agradezco a usted los periódicos que amablemente me envió, así como los libros, sobre todo los cinco tomos de la Historia del buen amigo y colaborador Licenciado Lucas Alamán. Del mismo modo quiero agradecer la novela que me envía de Carlos Soto Cabrales, un escritor del que no tenía conocimiento. Le cuento que la novela me tiene atrapado, aunque no sé aún hacia dónde va, además...

Deja la pluma y se levanta. No puede esperar más, abre el sobre y lee. No tiene nada de interés, lo mismo de siempre, un recuento de los libros y periódicos que le manda el buen amigo Beltrán. Hay otra carta doblada en dos, no es la letra de su amigo:

General Juan Nepomuceno Almonte
Presente

Muy estimado general, agradeciendo a Dios que cuente con buena salud y ese espíritu inquebrantable que siempre lo ha caracterizado, me permito enviarle esta carta de forma tan impertinente y sin más preámbulos, porque necesitamos tener la seguridad de que nadie más la leerá. Y lo hacemos no tanto por nuestra seguridad, sino por la vuestra. Primero que nada, necesitamos saber si usted estaría dispuesto a participar en una peligrosa empresa, si está de acuerdo en apoyar la causa que a continuación le explicamos. Muchos mexicanos, avecindados en París y en otras ciudades de Europa, ya están enterados de nuestras intenciones y nos apoyan. Quizá usted ya ha escuchado ciertos rumores. ¿Cuáles? Queremos recuperar nuestra patria, arrebatarla de esas manos traidoras del indio Juárez que, apoyado por los pérfidos vecinos del norte, la están destruyendo. El masón y su camarilla quieren destruir nuestra Santa Iglesia, que la gente de bien se arrodille ante él y sus ideas liberales, que se acaben las buenas costumbres. Pero no ahondaremos en todos los pormenores, puede ser peligroso explicarlo en una carta. Por lo mismo, primero quisiéramos preguntarle si está de acuerdo en apoyar una empresa de tal envergadura. Una persona de nuestra entera confianza, que usted no conoce, se presentará en el momento oportuno a fin de explicarle nuestras intenciones. Solo podemos decirle que es un vecino muy cercano. Mientras tanto, reciba de nosotros apoyo y entusiasmo para verlo de nuevo dirigiendo las tropas conservadoras en nuestro país. Y un saludo fraternal y nuestro respeto y admiración.

Atentamente

Carlos Soto Cabrales

Se levanta y mira el libro sobre el sillón. Carlos Soto Cabrales es el autor de la novela, ¿por qué firma la carta él? ¿Quién es? Y Beltrán, ¿sabe de la existencia de esa carta? ¿De ese libro? ¿Y ahora? ¿Esperar? Un hombre como él no puede esperar algo así. ¿Una broma? No, no puede ser una broma. Entonces esperar. Dios es el único que puede adelantar los acontecimientos. Dios sabe sus tiempos y hay que creer en su palabra.

París, Francia

a 18 de marzo de 1869

Sr. Benito Juárez
Presidente de la República Mexicana

¿Qué le puedo decir a mi favor, señor Presidente? Con todo respeto, muy poco. Todo hombre es un monstruo, anotó en su diario Mary Shelley, la mujer que con su novela, que pocos en México conocen, pero que aquí en París ha causado revuelo, ha conmocionado al mundo. Algunos nacen y otros se hacen, pero todos, más tarde que temprano, lo son, y es raro quien no se da cuenta. Y aunque se percataran, aunque se tuviera plena consciencia de lo que cada uno es, eso no cambiaría las cosas. Nadie tiene la culpa. Además, cuando la consciencia surge, normalmente, ya es demasiado tarde. La consciencia es algo que solo sirve para estrellar los espejos que uno se va creando con tantos trabajos de las cosas que ha hecho. La consciencia es la prima hermana de la memoria, la fea, la amarga.

Pero, volviendo a lo suyo, hace muchos años que le perdoné y que me perdoné, por las canijas dudas. Y en esto no me ayudó Dios, ningún médico; me ayudó el tiempo, nada más. Así que ahora ya no hay nada en lo que pueda usted ayudarme. Sinceramente, agradezco su recado, aunque le voy a decir algo sin afán de molestarlo.

Ya que usted está tan interesado en escucharme, le contaré algunas de las teorías que he ido forjando a través de estos años. He pensado muchas veces que el cerebro en realidad no tiene ese poder sobre todo nuestro cuerpo, como nos lo han dicho siempre, y menos el alma. Dios me perdone por esta blasfemia, que aún hoy no estoy seguro de que exista. Sé que por estas frases últimamente he sido abandonado por todos mis amigos, pero sé tan bien que con usted puedo hablar de esta forma, porque es un liberal de sepa, uno al que no le asusta terminar en el infierno. Pero no me quiero desviar del tema, le decía que yo creo que algunas partes del cuerpo, como las manos, las piernas, nuestros bajos, con todo respeto, tienen vida propia y pueden actuar sin que el cerebro esté de acuerdo.

Eso es precisamente lo que nos convierte en monstruos. Estamos hechos de retazos independientes. Las manos, en mi caso, quizá vinieron de mi abuelo paterno; mis pies, de mi bisabuela materna; mi hígado, de mi padre, el gran general; y mi estómago, quizá de un hombre que vivió en el siglo v antes de Cristo. No lo sé. Por eso no podemos ni siquiera ponernos de acuerdo con nosotros mismos, ni podemos congeniar lo que tenemos más cercano. Quizá por eso la gente que está muy interesada en ayudar al prójimo me ha dado mucha desconfianza.

No quiero que me juzgue mal, Señor Benito Juárez, aunque en mi condición el único que espero que me juzgue, y que será con gran justicia, será Dios Nuestro Señor. No creo que nada de lo que estoy diciendo lo pueda sorprender. He llegado a la conclusión que estos desatinos todos las tenemos, pero pocos los pensamos. Y cuando alguien los piensa puede llegar a horrorizarse, otros, hasta se podrán reír. Eso es lo grandioso del ser humano, ¿no cree? Pero volviendo a lo que nos interesa, le quiero comentar algo sobre la maldad que tantas veces parece dejarse ver por estos lugares.

La maldad, junto con la traición, no se mide: la maldad y la traición, así, solamente. La maldad es tan de aquí dentro como la ternura, como la compasión. La traición puede ser tan necesaria como el nadar desesperadamente para no ahogarse, como confesar una mentira cuando se requiere. He ahí su dificultad para poder explicar lo que en realidad es, como todo lo que es del hombre y no precisamente de Dios. La maldad puede estar escondida en una simple travesura, o puede no estarlo. Como puede o no puede existir traición en el crimen más sanguinario y más brutal. Ahí está lo complejo. No todos los monstruos son malos, ni todos los santos son buenos. No todo son buenos recuerdos ni hermosas esperanzas.

Y bueno, ya que empezamos a hablar de maldad y traición, pues déjeme hablarle un poco del personaje más representativo en esos menesteres. ¿Usted cree en Dios? Pues entonces tiene que creer también en él, ¿verdad?

¿Alguna vez usted lo ha sentido dentro de su cuerpo? Yo sí, muchas veces, por eso la confesión y la comunión. Pero hasta hace poco tiempo he logrado descubrir que eso que sentía, esa desazón, ese pesar, esa tristeza tan terriblemente angustiante, no era otra cosa que el diablo. Porque más que maldad, el diablo es tristeza, una tristeza que nosotros, los hombres, convertimos en envidia, en ira, en... No se ría, señor Presidente, deje un poco de lado sus convicciones. En muerte, sí, muchas veces, y sobre todo en la falta de esperanza. Va a creer usted que me estoy contradiciendo con lo que le había dicho antes, pero no es así, tengo completamente claro cada uno de los conceptos que manejo en mis eternas pláticas, solo tiene que tener los cinco sentidos puestos en mis palabras para que no se vayan sus pensamientos por otro lado. Sobre todo, no dude de mis creencias, son más firmes hoy que hace cincuenta y seis años, cuando comencé a luchar junto a mi padre que, no se le olvide, era cura. Y por mi padre no le pido, le exijo, que siga leyendo estos pensamientos.

Como usted sabe, el diablo no es rojo ni tiene cola. No es ni siquiera un ente que se materialice dentro de nuestro cerebro. Es solo una falta de futuro, o un imposible, llano. En pocas palabras, le podría decir que el diablo es la parte de atrás de los espejos, la que no podemos ver, porque nuestra misma imagen la cubre.

Señor Presidente, me gusta el silencio, me gusta que la gente me escuche como usted lo hará al leerme. Me gusta escucharme y que no se empiece a llenar mi cabeza de recuerdos que solo me atarantan. Así puedo seguir hablando, puede seguir fluyendo esta confesión que, al igual que al sacerdote, hago a usted. Imagino su mueca al sentir que lo comparo con un sacerdote, pero lo hago con todo respeto y en ningún momento con burla o sarcasmo.

Le hablaba del diablo. Y le voy a decir una cosa, yo creo que esa palabra ya está completamente pasada de moda. ¿Quién la puede tomar en serio? ¿O será que ya estoy influenciado por esta ciudad en donde la gente ha dejado de creer en todo? Como lo digo antes, el diablo no es otra cosa que todas las consecuencias que provoca la desesperanza en el ser humano. Eso es el diablo, la desesperanza, el no futuro. No existe algo más aterrador. ¿O sí? ¿Ha sentido usted culpa?

La gente como usted, que ha dejado de creer en Dios, también ha dejado de creer en el diablo. Pero Dios y el diablo existen, se lo puedo probar de forma muy sencilla. ¿No le interesa? Usted, señor Presidente, lo digo con todo respeto a su investidura, podría ser tan monstruoso como yo, tan traidor como a mí me tachan, no crea que está salvado. No crea que por salvar una nación deja de tener culpa, que por darse cuenta de los horrores, de las traiciones, y por tratar de enmendar el rumbo, deja también de ser un monstruo.

Así es, no cabe duda, Dios tuvo la culpa, fue quien nos creó. El diablo no es otra cosa que esa otra personalidad de Dios que quiere subsanar lo que la vanidad ocasionó. Por eso la desesperanza, porque sin futuro la humanidad no llegará a vivir cincuenta años más. ¿Quiere responderme algo? Ahora mejor déjeme en paz.

¿Usted cree que la maldad es algo individual o que puede esparcirse como si fuera una lepra, una peste? Esas culturas que han desaparecido de la faz de la Tierra, quizá han desaparecido por eso que llamo yo maldad colectiva. Digamos que es la decadencia, el terror y la falta de esperanza. Y vuelvo a lo mismo. Eso puede darse en forma colectiva.

¿No me entiende? Imagine a nuestros ancestros, que estuvieron esclavizados por siglos y que aún lo siguen estando, ¿verdad? Los que se salvaron lo hicieron porque tenían esperanzas, pero los que no, estoy seguro que fue porque perdieron la fe en ellos mismos, en su grupo, en su nación, y hasta (no me juzgue mal, señor

Presidente) aceptaron un poco al nuevo Dios y sus designios.

El diablo. Eso es todo. La gente se va deteriorando, las madres dan de mamar a sus hijos pura desesperanza y ellos la reciben hambrientos. Eso sucede y entonces ya no hay remedio. Y el tiempo sigue carcomiendo la piedra, oxidando las espadas, erosionando los cimientos de los templos hasta que un buen día todo concluye. Hágase tu voluntad, Dios mío.

Pero volvamos a donde empezamos. Yo me perdoné hace muchos años, mi padre no me perdonó porque me abandonó cuando aún era un niño, pero hace poco, aunque no lo crea, aquí mismo, lo hicieron muchos mexicanos.

Si el diablo es la desesperanza, ¿quién será entonces Dios? No, no crea que es tan fácil para mí hablar de Dios. Yo, porque he tenido cercanía con él y ha dejado que lo tenga muy cerca. Dios lo es todo, pero también, y eso, aunque no se lo puedo comprobar, pero sí afirmar, también es nada. ¿Cómo explicarle para que no se ría? Dios no es una unidad, es una explosión infinita. Es el caos, lo atemporal, lo inclasificable. Le confieso que esto último lo copio del libro de un alemán que leí hace poco.

Digamos que una parte de él, para seguir con el tema, es la maldad. Y una parte importante, aunque usted no me quiera creer. Dios es tanto maldad como bondad, traición como lealtad. Pero no es solo eso, es muchas cosas, muchísimas cosas que no son más que, por llamarlo de algún modo, energía. Y esa gracia es la que nunca hemos logrado comprender.

Usted me va a decir que cómo puedo afirmar tantas cosas. Pues porque yo no soy como usted, ni como ninguno de los que están aquí, ni como ninguna de las personas que ha conocido en su vida. Yo tengo fe. Por eso debe sentirse orgulloso. Me ha conocido, y si quisiera podría aprender mucho de mí.

Usted puede decir que yo soy un ser despreciable, un traidor, un loco, pero eso es ver las cosas por encima. Yo no soy traidor ni loco, soy alguien que sobrepasa sus expectativas de ser humano. Para decirlo en forma clásica, y no se vaya a reír, soy solo un siervo de Dios, no un siervo de la nación, como mi padre. Y como tal, tengo defectos del hombre y de Dios. Y aquí es donde usted tiene que poner mucha atención. Los defectos de Dios son peores que los de los hombres.

Vuelvo a pedir perdón a Dios. De verdad me molesta la estupidez de los hombres, su simpleza. Yo podría engañarlo si quisiera, volverme liberal y luchar por su causa. ¿Pero sabe por qué no lo hago? Porque últimamente estoy muy cansado.

Le voy a confesar otra cosa. Me sorprende y me enorgullece recibir su recado. Claro, los seres humanos somos tan vanidosos, que usted no se da cuenta que al tratar de conciliar las partes, de perdonar, lo único que está logrando es dejarme conocer hasta sus más recónditos secretos. Y sin ningún esfuerzo de mi parte.

Pero no quiero que piense que soy un malagradecido, sino mostrarle lo mucho que puede aún aprehender de mí, del hijo del gran héroe. ¿No le gustaría ser feliz? No se sonría. La felicidad existe, y lo mejor, puede durar toda la vida. Lo que hay que entender es que la felicidad no es como le han dicho que es. No es otra cosa que la nada. Sí, el no sentir, estar bendecido para sentir nada. ¿Cómo lograrlo? Hay varias formas. La más fácil es el suicidio, otra, más complicada, es la locura, y otra más, la más difícil pero la mejor, es la relación con Dios.

Usted lo ha visto en muchos santos y mártires católicos, en esos monjes budistas, en los férreos protestantes. Primero que nada, hay que ser lo bastante egoísta como para que todo lo que hagamos sea para lograr nuestro placer. Qué mejor forma que arriesgarse por los demás, sufrir por los demás, morir por los demás. Ahí está una de las grandes respuestas.

¿Yo? Yo soy único, yo busqué otra forma aún más egoísta. Y funcionó.

Así es. Le vuelvo a decir. En este caso, para usted es lógico pensar que yo sigo siendo el malvado, el traidor, el nefando personaje de la historia de México, y usted el buen hombre, y que nuestra relación es antagónica. Mentira. Nosotros somos copartícipes de todo lo que sucede en esta vida. Me encantaría ver su rostro al leer esto. Hay veces que se va dando paulatinamente, como en su caso. En otras ocasiones es inmediata, rotunda y no dura más de un minuto. Por ejemplo, cuando alguien es asesinado de un disparo, de una puñalada, surge en su cara la sorpresa y la pregunta, ¿por qué? Pero no solo es por qué me matas, por qué a mí, sino también las otras preguntas. ¿Por qué ahora? ¿Lo hice bien? Y después ¿qué?

Sí, señor Presidente, y usted lo sabe bien. Yo he visto muchas veces esos rostros, esas caras de sorpresa, más que de dolor, sorpresa, duda y una gran confusión. Sobre todo eso.

A sus pies

Juan Nepomuceno Almonte

Mariscal del Imperio,
Hijo del Siervo de la Nación, siervo de Dios.

VIII

Tarde o temprano, terminamos así, piensa el general y enciende un cigarro, sin soltar el libro, sin dejar de leer.

Dolores se levanta y camina hacia la cabaña. El viento aumenta el volumen del vestido y lo alza, dejando ver sus piernas. Ella sonríe y sigue caminando; hunde sus pies en la arena y recoge conchas y caracoles que acerca a su oído. Luego corre, tratando de alcanzar a las gaviotas, tratando de alcanzar a los cangrejos, tratando de alcanzar esa sombra que la sigue a todos lados.

Pasa junto al árbol donde está amarrado aquel hombre que le han dicho que es muy peligroso. No le importa. Tampoco le importó saber que van a fusilarlo. Entra a la cabaña mal hecha donde ronca su marinero. Se acuesta junto a él y mete su cabeza en la axila apestosa. Se cobija con ese enorme y peludo brazo y besa los dedos de sus manos.

A la playa de Tlacopanocha había llegado varias semanas antes. La mujer de un pescador y su madre la habían asistido. Les había costado mucho trabajo quitarle el cuerpecito ensangrentado que no dejaba de abrazar. Se había quedado muda por muchos días, sin moverse del mismo lugar, acariciando su abdomen. Temblaba cada vez que alguien entraba en la casa, cada vez que escuchaba un ruido. Las mujeres la habían cuidado, la habían convencido de que comiera algunos bocados y, luego, desde lejos, la miraron caminar hacia el mar.

—Si es su destino, que así sea —dijo la vieja a la joven.

Pero no, no era ese su destino, tocó solo con sus pies el agua salada y regresó a estar con ellas, sonriendo por primera vez, con la mirada perdida y un gran apetito.

—Todo lo cura la mar —dijo la mujer joven.

Caminar por la playa, juntar conchas, cangrejos y muchas otras cosas que ofrece la playa. Le gustaba adornarse. Fue en una de esas caminatas cuando vio a lo lejos el barco, y delante de este a una lancha que se acercaba. Regresó corriendo a la cabaña. Girolamo se llamaba aquel marinero que la vio correr y que la buscó hasta que la encontró escondida tras unas matas espinosas. Ahí mismo le arrancó el vestido a la fuerza y se bajó los pantalones. Ella poco a poco fue cediendo ante los envistes, y se fue dejando llevar por el ritmo de aquel cuerpo y del sonido del mar. Y se volvió propiedad enteramente de aquel hombre.

No podía entender nada de lo que decían. Y no le importaba. Había subido al bergantín Colombo junto con toda aquella ralea de criollos, mestizos, italianos y españoles. En aquel vaivén había escuchado que a uno de aquellos hombres, quizá el más bajo y el más feo, lo habían llamado de pronto general Guerrero. La voz de su madre se le había venido encima, la voz de su madre era quien decía ese nombre, a cada rato, general Guerrero, general Guerrero.

Después de enterrarla, ella y su hermano la habían olvidado. Ninguno de los dos sabía lo que hacía el otro en todo el día. Solo en la noche llegaban, como autómatas, a gozar y a dormir en la misma cama. Y el miedo, libre al fin, se adueñó de todo.

Mercedes, su madre, tuvo once hijos, pero nueve nacieron muertos.

—Es el clima, patrona —le decía la comadrona—. Aquí todo se muere, hasta las ganas de vivir. Y Mercedes comenzaba a tener miedo, a arrepentirse de no estar en su Madrid apestoso. Empezó a tener miedo de la noche, de las lluvias torrenciales, de los enormes murciélagos, las culebras, los cocuyos y los sapos.

Pero nació Efrén y con eso la finca se iluminó. Mercedes miraba a su hijo de cinco años correr por el jardín, mientras amamantaba a Dolores. Manuel, parado tras ella, en silencio, miraba a su hijo y sonreía, apretando el hombro de su esposa.

Qué rápido se había acomodado su vida, pensaba. Después de todo, de eso se trataba, de dejarse llevar y agradecer a Dios sus bondades.

Manuel llega a México el mismo año que Mercedes. Su tío lo ayuda a hacer fortuna, algo muy sencillo para un español en la Nueva España.

Ha nacido en Bodes, muy cerca de Villaviciosa, donde desembarcó Carlos de Habsburgo con su hermana Leonor y una tormenta hace muchos años. Habla bable desde muy infante, el castellano hasta los diez, cuando el capellán del conventín se ofrece a darle clases. El conventín no tiene una imagen milagrosa, son solamente sus piedras, sus tejas, sus quebrados mosaicos, quienes sanan.

Manuel aparece. Después de arar la tierra, se sienta, quitándose las abarcas y moviendo los dedos de los pies para que se oreen. El cura aguanta el mal olor, porque el niño aprende, y no solo castellano, también lingüística, latín, aritmética y geografía. Y el orbe crece.

El rey Carlos IV sube al trono y el padre Amador convence a Manuel de irse del pueblo, de Asturias, del reino de España.

—Estos reyes Borbones no van a pervivir mucho tiempo. Vete a las colonias, ahí podrás hacer algo más que arar la tierra y comer pan duro.

Manuel no se demora mucho en abandonar a sus padres y a sus hermanos, y salir caminando de su pueblo rumbo a Madrid. Cruza Pola de Siero y en dos días recala en Oviedo. Ahí labora para un hombre *acaudalado y solitario. Luego de juntar un poco de dinero, se va. Cruza la cordillera Cantábrica por el lado de Pajares en pleno invierno y, aún con los pies congelados, sigue caminando hasta llegar a León. Ahí logra que solo le trocen los dos dedos meñiques, los cuales están negros y apestan peor que un moro difunto, y a quienes no extraña tanto, porque aprende a caminar sin ellos mejor que cuando los tenía. Después traspone la sierra de Guadarrama, pero entonces es verano, y se deleita con el viento fresco, el canto de los pinos de todos los tonos, desde el cetrino hasta el verdinegro. Pernocta y se baña junto a los arroyos y se acuesta por horas boca arriba a mirar el cielo y tratar de escudriñar un poco su futuro.*

Llega a Madrid un mes después, pero no hace caso a su mentor. Quiere quedarse en la capital y aprender a lidiar.

—Tienes cuerpo de todo menos de torero —le dijo el maestro.

Así que, seis meses después, con una cicatriz en la ingle y otra en el hombro forjada por el pitón de un toro enmorrillado, y retomando los consejos de su preceptor, camina hacia Aranjuez, luego a Toledo hasta que llega a Córdoba. Un año después, deja a una mujer llorosa y embarazada, y se conduce a Cádiz, donde compra por fin un pasaje y se embarca rumbo a Veracruz...

—Es hora de olvidarse del mundo —dice Juan—, a morir por seis horas.

Un vecino, en la ventana el rostro de un vecino. Es él, quién más. Muy joven, muy alto. Un filósofo, un abogado, un novelista trabajando en su nueva obra. Entre las cortinas transparentes que ondean como banderas, lo ve levantarse y rascar su cabeza mientras camina hablando solo. Conversa, conversa con alguien. Podría ser su esposa, su secretaria, su amante.

Bonjour, monsieur. Bonjour, monsieur. Estos saludos se dan en la calle, algunas tardes. Lo mira de reojo desde el ventanal, desde la acera de enfrente, no quiere que se dé cuenta que lo observaba. Hasta que comparten una banca. *Bonne après-midi.* Buena charla, buen descubrimiento. Cuando alguno de ellos ve al otro sentado en aquel lugar, se acerca. El escritor, porque resultó escritor, tan joven, es un hombre inteligente. En verdad es muy joven, apenas veintinueve años, soñador, romántico. El joven escribe una novela sobre el puerto de Marsella. Juan dice ser un gran lector, también un general mexicano, pero se abstiene de decir en verdad quién es y por qué está en París. Si es mexicano debe saber que el gran Víctor Hugo envió una carta a Benito Juárez solicitando el perdón para con Su Majestad el Emperador. Pero Benito Juárez lo mandó matar, general. ¿Qué piensa usted de eso? ¿No le gustaría vengar esa afrenta? ¿Regresar a México?

¿Un escritor? Un escritor mexicano manda la carta y un escritor francés es quien se entrevista con él. Antes eran generales. Pero no duda, lo sigue a su casa. Suben la escalera sencilla, el papel tapiz está roto. Huele a mierda. El muchacho abre la puerta, el departamento es un completo desorden, apesta. El joven parece darse cuenta y abre las ventanas.

—Siéntese, general. Perdone el desorden, ya ve, los escritores.

Juan se sienta en un sillón que antes sacude con la mano. Cruza la pierna y espera a que el muchacho acerque una silla.

—Lo escucho.

—General, de inicio todo es muy sencillo. Somos un grupo de mexicanos y de franceses que queremos que el Imperio se restaure en México. Eso es lo primero. Necesitamos saber si usted está dispuesto a apoyar la causa como lo hizo en el pasado. Sabemos que es un gran militar, estratega, diplomático y, sobre todo, el hijo del Siervo de la Nación. Por lo tanto, usted es una pieza importante para este proyecto.

—¿Y usted por qué está interesado en esto? Usted es francés, es escritor, ¿qué beneficio espera de todo?

—No me insulte, general. Yo soy un romántico, como Byron. Yo quiero lo mejor para su país. He conocido a muchos paisanos suyos y por ellos he conocido México, además de todos los libros que he leído, en fin.

—¿Entonces?

—Entonces, lo primero es que usted me diga si quiere participar de esta empresa. Si decide que no, será como si no nos conociéramos. Si decide que sí, entonces seguiremos adelante con el plan.

—Quiero saber qué otros mexicanos participan.

—No se lo puedo decir.

Juan accedió y ahora camina tras Émile por *l'avenue du Colonel-Henri-Rol-Tanguy*. Es medianoche y el único sonido que se escucha son sus pasos.

—¿A dónde es?

—No se preocupe, general, ya llegamos —dice Émile mientras golpea con su zapato una alcantarilla.

Pasa un rato hasta que se escuchan ruidos. La alcantarilla se levanta y aparece el brazo de un hombre.

—Adelante —dice.

—Yo no voy a entrar ahí —dice el general.

—No se preocupe, es un lugar seguro, ya verá.

Desciende por una escalera. Sus manos se resbalan, sus pies. Todo está oscuro. Tantea los barrotes. Émile va adelante. El hedor es terrible. Su saco se atora con algo. Lo jala, sigue atorado. Otra vez. Está a punto de gritarle al muchacho, cuando logra zafarlo. Sigue bajando. Se ve un pequeño resplandor. Por fin toca el suelo. Entonces la pared se le viene encima.

IX

A las damas mexicanas nunca les vi un
libro en la mano, como no fuera el libro de
oraciones... su ignorancia es completa
y no tienen idea de lo que es la historia
y la geografía. Para ellas Europa es España en
donde viene su origen, Roma donde vive
el Papa y París, de donde llegan sus vestidos.

CONDESA PAULA KOLONITZ

La generala Almonte, como le llaman algunos, se sienta y toca la
campana. En un segundo llegan las dos mucamas sosteniendo
las fuentes. Lolita le sirve a Juan, como siempre lo ha hecho. Lolita, mujer vieja, fea, sumisa y callada. Frente a su marido sabe
guardar silencio, solo frente a él. Con los demás no se quedaba
callada; es recia y fría, combativa, espantosa.

—¿A dónde fue anoche, general?

—Con mi amigo el escritor —contesta Juan y se le vuelve a venir la pared encima. Huesos, miles, cráneos, sonrisas,
huecos infinitos, costillas, fémures.

—¿Es un escritor famoso? ¿General?

—¿Qué?

—Le pregunté que si es un escritor famoso.

—Perdón, sí, es muy… No, no es famoso.

—Hoy iré a tomar el té con las Mejía —dice su esposa, limpiándose púdicamente con la servilleta.

Juan solo asiente. Habían sido tres hombres a los que no podía verles las caras. Se presentaron como los representantes del movimiento antiliberal.

—Lo único que me gusta de París son las visitas. Si no fuera por las señoras mexicanas, compañeras exiliadas, no sé qué haría.

—Sí, claro —habían sido tan herméticos. Restaurar el Imperio. Agustín Jerónimo Iturbide sería el principal candidato, pero Juan sabía que estaba muy enfermo. También están Ángel y Felipe. Díaz apoyaba la causa, eso lo sabía. Pero había que ir con pies de plomo. Tendrían varias reuniones en Londres y Viena, luego en París con Napoleón. ¿Y en París? Gutiérrez de Estrada, Martínez del Río, Escandón, Murphy y Woll. Salvador vive en París, claro, quien fue adoptado por Maximiliano. Debe ser él.

—Puras intrigas inofensivas —sigue hablando Lolita—, muchas se sienten tan importantes. Sirven buenos pastelillos y buen té. Por cierto, ¿recuerda los bailes en Chapultepec, los paseos a Cuernavaca y a Orizaba? ¿Juan?

—Perdón, estoy muy distraído.

—Y la Emperatriz, qué tristeza.

—¿Cuál es el nombre completo de Salvador Iturbide?

—Salvador Agustín Francisco de Paula de Iturbide y Marzán. ¿Por qué?

—¿Cómo puedes recordarlo, mujer?

—Tengo buena memoria, en cambio usted, Juan, además de distraído ya no se acuerda ni de su cumpleaños.

—Lo sé, mujer, lo sé. Lo que ahora recuerdo cada vez mejor es mi infancia. ¿Nos pasará eso a todos los viejos?

—Hoy estará Madame de Lombard, dama de compañía de la emperatriz Eugenia —suspira y toma la copa—. Juan, ¿recuerda los ahuehuetes?

Juan vuelve a asentir y permanece callado, untando mantequilla al pan.

—Quieren que la conozca, yo, que fui dama de compañía de la emperatriz Carlota. Seguramente tendremos muchas cosas afines.

Juan trata de poner atención a su mujer y recordar, recordar: Lolita había nacido en la Ciudad de México, veinte años después que él. Se había casado cuando cumplió veinte años. Su padre se atusaba los bigotes. Un buen matrimonio. Su padre era muy rico y refinado, se llamaba Severiano, su madre... ¿Francisca?, no. Lolita, cuando joven, había sido una gran conversadora. Ahora solo es una cara amarga, una voz seca y fría. Le había ayudado a convertirse en todo un diplomático, le había enseñado a utilizar correctamente los cubiertos, a escoger un vino, las copas y todo lo relacionado con el protocolo europeo, tan importante para un embajador de México. Y ahora se está convirtiendo en su memoria, qué horror. Tiene que contarle. pero tiempo al tiempo.

Por fin. Se levantan de la mesa. En el vestíbulo espera a que le pongan la capa, toma la chistera y el bastón, y sale. Hay dos posibilidades, tomar el digestivo con sus viejos amigos y ver si alguno de ellos tiene mayor información, o buscar a Ernestito en el café. ¿Ernestito? Él fue quien le habló de la carta. Lo exaspera ese muchacho, pero a la vez le atrae. Es el cliché. El hijo que nunca tuvo, el muchacho que quiso ser y no fue, pero, si a los nueve años había sido general, por qué… Sale a tomar el coche. Se arrepiente.

Dolores se deja llevar por el vaivén del mundo, de aquí para allá, de allá para acá, gira en la arena con los brazos abiertos, mientras la gente juega cartas y se emborracha. Dolores gira y gira hasta caer junto al hombre atado al tronco. Se le queda mirando y sonríe.

—¿Cómo te llamas?

—Vicente, me llamaba —le contesta.

—Vicente, Vicente, ¿Vicente Guerrero?

—Sí, el mismo, para servirle a usted y a la patria.

Ella se enrolla unos cabellos con el dedo y ladea la cabeza. Vuelve su mirada al mar y luego mira de nuevo al hombre.

—Mi madre le tenía mucho miedo.

—¿Miedo?

Ella lo mira callada, ya no le contesta, solo mira esa cara tan tosca, ese cabello enredado y la enorme barba. Se tira junto a él y dibuja algo en la arena.

—Vicente Guerrero. ¿Por qué te amarraron?

—Me van a matar.

—¿A matar?

—¿No le gustaría casarse conmigo?

—¿Por qué me querría casar con usted? Mis padres no lo quieren, le tienen miedo. En la finca le decían el diablo, satanás, ladino, cambujo, saltapatraz y caboclo. Usted es de color quebrado, como todos aquí, y eso espanta a la gente de Dios y de razón.

102

El hombre suspira y sonríe. Luego empieza a hablar. Dolores lo escribe en la arena.

—*Han ido muriendo todos, poco a poco, solo falto yo. Y no lo entiendo; en verdad, mujer, que no lo entiendo. Si todos buscamos lo mismo y no es la muerte, después de todo, lo que esperamos. La muerte y la libertad vienen una detrás de otra. Y no me importa morir si en verdad fuera a servir de algo mi muerte. El bien de la patria puede valer las muertes que sean necesarias, eso es todo. Pero el hombre, ¿quién nos entiende? Luchamos juntos para sacar a los españoles de nuestras tierras, y cuando lo logramos empezamos a luchar entre nosotros. ¿Y para qué? Señorita, con todo respeto, ¿no se quiere casar conmigo?*

—*No, usted es masón. Mi padre siempre nos decía que los masones son hijos del diablo. Cruz, cruz, que se vaya el diablo y que venga Jesús. En mi casa somos católicos y vamos a misa cada domingo, haya cura o no.*

—*Los masones no somos eso, ¿qué somos los masones?* —*el hombre se rasca la barba y la cabeza llena de piojos*—, *ya no lo recuerdo. Pero éramos algo bueno, como las ideas que profesábamos. Todo giraba alrededor del bien, de que el ser humano creciera y fuera un individuo lo más cercano posible a Dios. Ah, si los masones hubiéramos logrado mantener nuestra unión...*

Guerrero. El general sonríe con amargura. Guerrero, gran guerrero, había luchado con su padre, había luchado con él. En ese entonces era un gran hombre, pero los hombres se corrompen, la gente no comprende que los hombres solo son herramientas para que la maquinaria de la historia fluya como mejor convenga. Suspiró. Yo no los traicioné, pero ya no podía apoyarlos, era la historia, la maquinaria de la historia y el deseo de Dios. Tiene que esperar las instrucciones de Émile.

Dolores se ha levantado y corre por la playa como siempre. Vicente Guerrero se calla y la mira alejarse hacia el mar. Unas ganas enormes de quitarse el chaquetón y las botas y correr tras la mujer lo hacen retorcer sus muñecas con la cuerda.

Dolores regresa al cabo de un rato, estilando agua. Se tira junto a él y estira su cuerpo como si fuera un felino.

—Hable, hable, sígame hablando tan bonito como lo hacía —dice mientras se acuesta cuan larga es y cierra los ojos—, pero no me pida en matrimonio, eso no.

El héroe no deja de mirar, avergonzado, aquel cuerpo que se insinúa bajo la ropa. Sobre todo, los senos que se dejan ver hasta más de la mitad cada vez que ella respira.

Vuelve su mirada hacia el mar y comienza a hablar de nuevo. Ella abre los ojos y, recargándose en un brazo, se queda escuchándolo, con el dedo recorriendo la arena.

—Yo abracé a Iturbide para sellar la paz, después de que él traicionó a los gachupines, y le creí, y me puse a su servicio porque confié en él, en que era un hombre que luchaba por la República, pero no, resultó un traidor con aires de monarquía. Y vino la traición, y lloré al leer esos tratados donde ya nombraban a nuestra nueva nación Impero mexicano, donde decían que el gobierno sería monárquico, constitucional y moderado, ¿moderado?, ¿qué significaba ser moderado?, pues lo que usted puede imaginar, seguir sojuzgando al pueblo, seguir con todo como siempre ha estado.

—Cálmese, Don Guerrero, que su voz cada vez es más fuerte. Eso que me cuenta pasó hace mucho, así que solo cuénteme, cuénteme que me gusta cómo habla.

—Perdón, señora, trataré de calmarme. Ese tratado perverso, ese tratado que firmaron O'Donojú y el traidor Iturbide. Lo peor de todo es que ese engendro era quién nos gobernaría. No lo pensaron mucho para plasmar tamaña burrada en aquel pergamino. ¿Sabe quién?

Dolores niega con la cabeza y cambia de postura, dejando ver las piernas hasta los muslos.

—Pues Fernando VII, rey católico de España, y si no aceptaba él, pues el serenísimo señor infante Don Carlos, y si no, pues el serenísimo señor infante Don Francisco de Paula, y si no, pues el serenísimo señor infante Don Carlos Luis de Borbón Parma, antes heredero de Etruria. ¿Y al final quién quedó?, pues su alteza serenísima don Agustín I, emperador de México. Y vino nuevamente la guerra, una y otra vez, muertos por todos lados. Nosotros escondidos en uno y otro lugar, luchando con lo poco que teníamos, con las pocas armas y las pocas municiones, pero eso sí, con mucho coraje y valor, sin saber con certeza qué pasaba en este país. Escondidos en la selva, en la sierra, entre alimañas que nos hacían erupciones en la piel, que nos causaban fiebres, que nos hacían castañear los dientes, esperando noticias frescas de lo que sucedía. Mientras el traidor se ponía una corona en la cabeza y una capa y bailaba con los dineros de la República, con las mujeres más hermosas y los curas más gordos y los generales más apuestos…

Se queda callado nuevamente y cierra los ojos. Muchas imágenes se deben colar en su cerebro, son tan nítidas como en los sueños que antes tenía. Ahora ya no sueña, ni una vez ha vuelto a soñar.

—Yo no quería el poder, no me interesa, lo digo de todo corazón. Yo quería lo mejor para mi patria, para mi gente. Ahora es Bustamante, un hombre que quisiera de nueva cuenta regresarnos a España, que fuésemos otra vez los súbditos de un Borbón o de un Bonaparte, o que un rey rubio y barbado, de ojos azules y hablar extraño, llegara a gobernarnos. ¿Por qué no confiar en nosotros? Dice que porque aún somos unos niños. Eso no es cierto, nuestra patria es tan vieja como sus selvas, y pronto será fuerte e independiente, y todos seremos ciudadanos de aquí, con nuestros derechos y nuestras obligaciones, como cualquier país del mundo. Por eso le propongo matrimonio, porque, aunque me mataran, mi descendencia lograría la libertad.

Dolores se acerca a él con los ojos brillantes y lo besa. Es un beso largo, muy largo. Guerrero de pronto se hace a un lado y se le queda mirando, espantado de lo doloroso que puede ser el deseo. Ella también se da cuenta y sin pudor lo toca.

—¿Por qué lo hace? —dice él moviéndose con brusquedad—, ¿quiere decir que me acepta como su esposo ante Dios y ante los hombres?

Ella sonríe.

—Dicen que te van a matar y quería darte un regalo.

—En ese caso, gracias, señora, moriré recordando sus labios, sus manos, sus cabellos, y tenga por seguro que este sabor estará conmigo hasta que me coman los gusanos.

—Gracias, gracias, Don Vicente Guerrero —dice Dolores, mientras corre hacia el mar, hacia donde el sol flota como una gran ostia amarilla y el barco es solo una sombra. Aún a lo lejos, siendo solo una figura negra, Dolores sigue gritando—. Gracias, Don Guerrero, mi papá y mi mamá lo nombran siempre y le tienen mucho miedo.

Juan se levanta sin dejar de leer, camina hacia la mesa y se sirve un *brandy*. Se lo empina de un trago, sin dejar de leer. Se sirve otro y regresa al sillón, sin dejar de leer. Alguien lo espía, no es la primera vez. Voltea hacia le ventana, luego suspira y le da un trago largo a la copa.

El miedo se había enseñoreado de la familia. Después de varios años de la tranquilidad en que habían vivido, comenzó a escucharse como un murmullo, como ese viento que se cuela por las rendijas, que presagia tormenta, que trae voces de hace mucho tiempo y de lugares lejanos. Un nuevo nombre, el de Vicente Guerrero unido a otro más viejo, un grito que ya corría destemplado por todo el centro de la República, pero que a estas selvas inhóspitas no había llegado, un grito seco y duro como el tajo de un machete, el grito de independencia.

—Indios alzados —gritaba Don Manuel y golpeaba la mesa con la mano blanca y peluda, surcada de venas verdes y pecas. La familia guardaba silencio, tratando de ver solamente el plato que tenían enfrente. Después, Don Manuel se levantaba, aventando la silla al suelo, mientras le daba el último trago al vino y salía al patio, bufando, donde subía al caballo que un peón ya tenía ensillado, para perderse en una nube de polvo. Regresaba sonriente, a veces hasta con flores para Mercedes y Dolores o alguna piedra rara para Efrén.

Una tarde no regresó. Sonaron la campana avisando a Completas y, junto con esta, sonó también la manita de bronce de la puerta. Doña Mercedes fue a abrir. El rostro del caporal de ojos achinados y extraña mueca la saludó sin bajar ya la mirada, no era una sonrisa pero sí una especie de certeza.

—Doña, encontramos el cuaco del patrón a la entrada de la calpanería —dijo sin retirarse siquiera el sombrero—, el animal venía muy sudado.

Salieron a buscarlo, recorrieron toda la finca, los potreros, los sembradíos de caña, hasta que oscureció. Entonces fueron por antorchas y se internaron en el monte, caminaron hartas leguas río arriba, río abajo, hasta la cascada, y se devolvieron a la hacienda con las manos vacías cuando empezaba a clarear.

Por fin, a los tres días, lo hallaron, la mitad del cuerpo dentro del arroyo que cruzaba las porquerizas, ensangrentado, con varias puñaladas y los ojos muy abiertos, secos, opacos y llenos de susto.

—¡Manuel! —gritó Mercedes cuando se lo llevaron dos peones en una angarilla. Se hincó frente al cuerpo, se arrancó las peinetas de carey y empezó a jalarse el cabello—. ¡Manuel! —gritó y gritó.

Dolores y Efrén salieron de la casa y abrazaron a su madre. Dolores miraba ese cuerpo y sentía en su espalda muchos ojos, como si fueran piquetes de zancudos. Le llegó un miedo que no había conocido hasta entonces, un miedo extraño, diferente, enorme. No el que sentía algunas veces al ver a su padre o a la luna, o al escuchar al tecolote, o el aullido del lobo, no; ahora era un miedo mayúsculo, infinito, que ya no desaparecería. A partir de ese momento se sintió sola y sucia. Y se le vino encima el frío de la orfandad. El hombre inmenso que tantas veces la espantó al encontrarlo borracho en el piso o en fornicio con alguna empleada o empleado de la finca, que la llenó de regalos, que la ensordeció con sus gritos, que la hizo reír con sus cosquillas, ya no estaba.

X

Me contó el general Almonte que el entonces presidente, Antonio López de Santa Anna, había perdido su pierna de palo cuando los atraparon después de la batalla de San Jacinto. Estaban durmiendo y ahí les habían caído los texanos. El general se reía cuando contaba esta anécdota, y se agradecía a Dios verlo reír, porque sucedía pocas veces. Para él, Santa Anna no solo era el peor mexicano que había existido, sino también un payaso de circo de pueblo. Después de colaborar con él cayó de su gracia. Quién lo dijera, como si el general hubiera sido muy leal a la patria, si el cabrón fue a ofrecerle la corona a un príncipe de allá. Pero bueno, lo simpático de este asunto es que nuestro cojo presidente tuvo que andar a brinquitos el tiempo que estuvo en Washington firmando la entrega de medio México a los gringos. Y contaba mi general Almonte, que a él le tocó ver cómo los texanos se pusieron a jugar beisbol con la pierna como bate, porque ya existía el beisbol. Y que el general Santa Anna nada más se tapaba los ojos esperando que su pierna se quebrara en dos, y que no hubiera importado, porque nunca la recuperó.

—Qué hermoso día, general.

—Así es, *monsieur* Zola, un hermoso día.

—Hay que agradecer estos días que no son tan comunes en París. ¿Ya va a comer con sus amigos?

—Adivinó. ¿Cómo va su nueva novela?

—Creciendo, creciendo. Espero pronto se publique y pueda leerla.

—Será un placer, General —dice bajando la voz—. Habrá otra reunión, pero en otro sitio.

—Pero irán mexicanos.

—Shhh, hable más bajo. Sí, los mexicanos, precisamente.

—¿Dónde será?

—Lo espero aquí mañana a las ocho de la noche. Le pido discreción.

—Pero…

—General, no pregunte más, por favor. Discreción, confíe en mí.

—Aquí estaré.

—Adiós, General.

El coche lo deja frente a la librería Delamain, entra haciendo sonar la campanilla y saluda a los dependientes. La mayoría lo conoce. Le gusta la sonrisa de los empleados, el olor. Mirar hacia arriba. Estantes y estantes de libros callados. Libros que esperan alguna vez ser leídos.

Los *Cuentos a Ninon* y *La confesión de Claudio*.

—¿Quién es el autor?

—Émile Zola.

—No, no los tenemos.

—¿Algún otro libro de ese autor?

—No lo conocemos.

—Qué extraño, es mi vecino.

El hombre lo mira de forma extraña.

—Una disculpa, general, pero no conozco a ese autor, debe ser muy joven.

—Sí, lo es —dice Juan un poco contrariado.

Sale de la librería sin ningún libro. No le gusta que eso suceda. Toma el coche, un viento fresco lo hace sonreír. Por qué no ir a comer con esa bola de viejos. Son mis únicos amigos, algo bueno tendrán que tener. ¿Quiénes irán en la noche? Sonríe pensando en todos aquellos amigos, en la famosa delegación que fue a Miramar. Espera que no vuelva a ser en un lugar tan tétrico. Qué ocurrencia las catacumbas. No quiere recordar su grito y cómo se aferró al abrigo del escritor. Temblaba, no podía dejar de temblar.

Manuel, precedentemente, solo Manuel, sin el Don y con toda su juventud a cuestas, llega a Veracruz en plena canícula. Desde el barco divisa un piquito blanco entre la bruma espesa. Esa es la señal. De pronto aparece el puerto, con su muralla de un siglo de vejez, que no es muy alta, pero tampoco chaparra, de suficiente tamaño para dejar escondidas las casas. Solo las torres de los pocos templos y el faro esbozan su silueta contra el cielo calinoso. La ciudad está construida en una depresión que la hace asomarse con trabajos sobre el mar, como si estuviese a punto de ser engullida por las aguas.

—Qué aflicción —escucha Manuel que alguien dice. Voltea, una mujer se abanica con impaciencia y lo mira de forma extraña.

Un mar demasiado manso, demasiado mustio por tanto huracán, por tanto bucanero y tanta mierda amontonada, y un fuerte demasiado prieto, demasiado feo, demasiado sucio por las conchas con las que está hecho, le dan la bienvenida. A lo lejos algunas torres, tejados y un tufo, una pestilencia que anuncia todas las enfermedades del nuevo y viejo mundo convergiendo en ese punto geográfico llamado puerto de La Veracruz, marisma que a todos ahuyenta.

A los pocos días, el bochorno y los mosquitos hacen desgracias en su cuerpo. A diario camina como un ánima desde la pensión de Doña Ricarda Fadrique al fuerte de Santiago, donde puede hallar un poco de brisa. A ese mesón ha llegado después de saber el costo del Hotel Universal.

—Vaya a la pensión de Doña Ricarda —le recomienda un mortal que lo ha visto salir cabizbajo.

La pensión referenciada consiste en un cenador, un pequeño patio y seis cuartos donde hay, en cada uno, más de quince hamacas y un solo ventanuco. La primera noche ha resultado agobiante, la segunda también, y la tercera, y la cuarta. Manuel no puede acostumbrarse a ese sofoco, ese tufo a estercolero. Por las noches, después de dar vueltas y más vueltas, decide salir al patio y dormir un rato sobre la piedra fresca.

Poco a poco se va acostumbrando a vivir en esa ciudad llena de ratas, zopilotes, zancudos, perros salvajes que recorren en manadas la ciudad en la noche buscando gatos, borrachos o alguna prostituta. Ahí conviven todas las hablas, desde el francés de los negros hasta el flamenco, el romaní y el mandarín. Donde pueden matarte por un tlaco o por tus calcos, o invitarte un cacharro de vino agrio y unas buenas mojarras. Y Manuel cantando, alguna noche, después de varias jarras de vino, canciones en bable que le había enseñado su abuela.

Hasta una tarde. Mientras escucha el zapateado y los carcajeos que llegan del patio, las voces chimuelas y el arpa, ha querido levantarse de la cama y no ha podido. Sus huesos le punzan, y como pasan las horas aumenta ese dolor, siente que se le dislocan uno a uno. El piso se mueve bajo su cama, volviéndose pared o techo. Así ha estado varios días, postrado por las tercianas en una cueva llena de olor a pan recién horneado y de fabulosos monstruos tan blancos como esa harina que metía de pequeño en fardeles para que su padre los fuera a vender. Después de varias semanas de delirar y gritar en un dialecto que nadie entiende, y peleando con él solo para que no le roben sus botas y sus tres monedas de plata, tiene fuerzas para subirse a una diligencia e irse, no para barlovento ni para sotavento, sino por el que sería mentado, años después, como el camino de María Luisa, a las tierras altas...

—Hoy en la noche voy a salir otra vez.

　—¿Con el escritor?

　—Sí, Dolores. Tengo algo que contarle, pero lo haré al regresar.

　—¿Es algo malo?

　—No, son muy buenas noticias, ya verás.

　—¿Tiene que ver con Salvador de Iturbide?

　—No me pregunte, señora.

　—¿No me puede adelantar algo?

　—No.

En cuanto cambia el clima, cambian su salud y su ánimo. Ha ido recuperando las fuerzas como la tierra recupera su color y las plantas se hacen más verdes y más grandes, menos espinosas. Y ese pico nevado que vuelve a brotar de pronto, y que como germina se esfuma, parece decirle ven, ven, aquí vas a estar bien y vas a volverte acaudalado.

　Y se acaba la planicie con sus caseríos de negros que cantan como los animales, con sus ciénagas, su cielo mentiroso y sus aparecidos. De pronto se acaban las magnas extensiones de tierra plana para dar paso a las montañas inmensas y azules, las cañadas, los ríos y los colosales bosques de niebla. Después de franquear los puentes de Metlac, Villegas, Sumidero, Los Arcos, La Garita, La Angostura, La Borda, El Gallo, Santa Gertrudis y Escamela, Manuel por fin entra en la villa de Orizaba. Se baja de la carreta y, acompañado por una fina lluvia, empieza a indagar. No tarda en dar con la casa. Toca tres veces con gran fuerza, hasta que aparece una mujer parda y profunda.

—¿Por quién rebusca?

—A mi tío, Don Sebastián.

—Pues esta es la casa de Don Sebastián.

De esta no se va hasta dos meses después. Así que ha tenido tiempo de descansar, de fomentarse hasta estar fuerte y listo para administrar la hacienda de Jalapilla.

Con las campanas sonando a maitines, con un cielo que empieza a pasearse del azul tinta al azul añil, y un pico tan blanco que encandila, ha salido a caballo rumbo a la hacienda. Los cascos del animal se escuchan solitarios en aquella ciudad aún recogida. Ha salido de Orizaba por el oeste, luego ha tomado el camino bordeado de jinicuiles hasta llegar al viejo puente de troncos de palo de fierro, con la Virgen de La Asunción y sus dos monos de piedra que, a cada lado, ciegos y sedientos, gritan los dolores de su patrona. Lo ha cruzado y se deleita con la brisa y el rugido del torrente que abajo corre con desesperación entre los enormes álamos, los helechos, las pomarrosas, las mafafas y los sauces.

No cabe duda que hay ríos que tienen más prisa que otros en llegar al mar, como la gente.

Un trozo de tela prieta pasa a gran velocidad frente a sus ojos, y sin saber por qué le llega el olor a queso rancio y harina, su madre y su abuela sentadas frente al hogar en las noches de invierno, con sus ojos siempre lacrimosos y sus narices colmadas de mocos. Qué cosas. A lo lejos se asoman aquellas nubes que parecen nacer de la tierra, tan blancas y apabullantes, y de las que germinan más picos azules, uno tras otro, muchos, más y más hasta perderse en la lejanía.

La hacienda, cobijada por las montañas, con sus altas y viejas chimeneas de ladrillos escarlatas y su casa grande rodeada de corredores, se aparece de pronto. Esta última, custodiada por seis palmas datileras, está llena de viento. A diferencia de todas las edificaciones que Manuel ha visto no solo en esta nueva tierra, sino también en la península, esta casa está abierta a que todo entre y salga. Y eso le gusta, porque en cada rincón de esa terraza el viento se arremolina y canta. Abre la puerta, los muebles son generosos, de otro siglo. Todo huele a humedad y a hierba santa, un poco a clavo y a cominos. Camina por la enorme estancia, y al escuchar sus pasos forjando eco sobre la burda madera, sabe que esto es lo que buscaba.

—¡Buenas tardes, Don Manuel! —grita. Y su grito se va perdiendo en los diferentes cuartos, como un cuchicheo.

—¡Buenas tardes, Don Manuel! ¡Buenas tardes, Don Manuel!

Sonríe y sale a la terraza, se tumba en una de las butacas y se queda mirando el paisaje, sin pensar en nada.

Se aquerencia en un santiamén. Desde su cuarto, por la ventana, en las mañanas anegadas del canto de los cenzontles y el alboroto de los cotorros, puede divisar el pico blanco que a diario viene y se va.

—El Citlaltépetl —le apunta uno de los caballerangos—, así se mienta el cerro, patrón, y tiene mucho tiempo de estar apaciguado, que no se encorajina. Y hay que dar gracias a Dios, porque cuando se encorajina, se encorajina.

Desde el comedor puede observar los picos distantes que celan, según le han contado, una comarca cundida de dineros llamada Zongolica. Y en los días de niebla, cuando todavía no hace mucho frío, le gusta dejar entrar ese vaho que es como una legión de aparecidos que se arraciman alrededor de su cama. Rostros y voces, caricias, risas y algunos quejidos envuelven sus sueños y sus despertares.

Algunos domingos, cuando no llueve, monta su caballo y se marcha a Orizaba a pasar la noche en casa de su tío. Aprovecha para almorzar basto y enfiestarse en alguna tertulia, donde entre mujeres enlutadas y mustias, toca algún músico la vihuela o el clavecín. Ahí le llega a sus oídos lo que sucede en la Ciudad de México, la situación en la Francia y en España, y de los chismes de la región. Al salir, ya de madrugada, en algunas ocasiones, busca a cierta pelandusca de cabello rojo que lo hace dormir a pierna suelta y soñar con duraznos y granadas. Al otro día, toma un buen refrescamiento y oye misa en San José. Luego vuelve a montar su caballo para internarse en los cerros.

El trajín en la hacienda es sosegado. Después de apersonarse en las plantaciones de café y de tabaco, o después de la zafra y de hacer cuentas con el mayoral, se sienta en la terraza, cuando baja el sol, a sentir el viento, fumarse un tabaco de hebra y tomar unos tragos de aguardiente o un café con leche. Le gusta esperar a que oscurezca para ver llegar las luces de las luciérnagas y los cocuyos, el olor de la tlanepa mezclado con el de la menta y el del piloncillo.

A unos pasos de distancia, un estanque que años después se convertirá en la alberca de la Emperatriz loca, es concurrido lugar para que los peones se bañen. A Manuel le gusta fisgonearlos desnudos, cómo retozan en el agua, uniendo sus humanidades morenas y brillantes, mostrando los grandes dientes blanquísimos, sus pingas medio excitadas que rozan de vez en cuando unos con otros. No se pregunta por qué, solo se deja llevar por el ardor. Es entonces cuando llama a Amelia, la cocinera mulata que ha llegado de San Lorenzo, y se amancebamiento hasta el otro día.

116

De este ayuntamiento nacerán dos chilpayates, Matías y Leodegario, uno limpio y otro prietillo, a quienes reconocerá con su apellido y les legará, cuando se vaya, una parcela de tierra, un pancle de mantas y media docena de monedas de oro. Los dos se harán difuntos en la guerra, sin dejar familia, uno del lado de los realistas y otro del lado contrario. Quizá hasta se sacrificarán entre ellos, en pleno campo de batalla, pero eso ya nadie lo sabrá. Lo que sí mentará la madre es que los dos se irán soñando con su tata, para bien o para mal.

Ellos miraban diferente esta tierra que siempre es la misma, contaba Amelia, ya muy añosa, fumando un cigarro de hoja y reposando en el mismo sillón de la terraza donde, treinta años antes, Manuel se sentaba a descansar; y eso que nacieron de la misma panza y del mismo hombre guapo y vigoroso como caballo de patrón. Y solo por la coloración. Matías, el mulato, guardó tal mohína a su señor padre que lo convirtió en una pesadilla de la que nunca pudo huirse. Leodegario, el güero, me despreció siempre y se avergonzó de haber nacido de esta mujer de piel quebrada. Pobres de mis hijos, nunca pudieron vivir en paz, por eso tenían que morirse jovencitos. ¿Así les pasa a todos los muchachos que no llegan a la adultez? O fue por el pecado mío de amancebarme con un gachupín.

XI

Los pecados de los padres los castiga Dios en la carne de sus hijos. Antiguo Testamento. El Grand Father Wall Clock empieza a dar las campanadas. Seis de la tarde. El Grand Father Wall Clock lo sobrepasa en tamaño y en exactitud. Desde la ventana, el vecino frente a su escritorio, como siempre, escribiendo. Escribe el mismo libro que el general lee, el mismo que ha leído hace un mes, el mismo que leerá un muchacho en Londres y el mismo que estará leyendo una mujer en Budapest. El vecino y la rutina. Pasar horas sentado, luego caminar de un lado a otro, hablar y hablar con el lápiz entre los labios. El vecino está entregado a la escritura, el vecino lo esperará a las ocho en el lugar indicado. El vecino sabe fingir. Atrás de cada cuadro de cristal, que refulge con el sol, debe vivir alguien, un sujeto, una acción. Encoge los hombros. Todos tan diferentes y todos iguales. La familia, la esposa, el dinero, el poder, la fama. Y él, al igual que todos, participa de esos mundos. Caminar libremente, beber café, rezar y comulgar, intrigar, cometer pecados, espiar, en fin, todo el mundo para él, solo mientras ese escritor no deje de escribir. Apenas las seis con quince.

Genaro también fue su vecino. Genaro vivía en Cuérámaro y era su único amigo. Recuerda su risa, podía escucharlo hablar y reír después de más de cincuenta años. Iban a nadar al río. Corrían desde el caserío por la vereda, gritando, sintiendo ese vientecillo caliente y granuloso en la cara, la yerba golpeando sus piernas, arañándolas. Al llegar a la pequeña playa se desnudaban y se sumergían en esa agua fresca y cristalina. Regresaba fresco. Entraba a la casa guardando silencio, era algo que había aprendido. Dentro de la casa nada de escándalo. Mucha gente entraba y salía, siempre en silencio o murmurando. Su padre se reunía con mucha gente, las reuniones duraban hasta altas horas de la madrugada. Llegaban jinetes con las faltriqueras llenas de cartas y se iban con otras más. Cada día aumentaban las visitas, las reuniones. Hasta que una tarde su padre se sentó frente al niño y le explicó. El niño fue a ver a su amigo Genaro, le contó que se tenía que ir, que iría a la guerra con su padre, que si quería se podía ir con él a luchar, pero que no le dijera nada a sus padres. Y Genaro, hijo de españoles, rubio y de ojos verdes, aceptó. Se fueron entes del amanecer. Un grupo silencioso seguía a un cura, un grupo silencioso armado de palos y trinches, de ondas, cada uno con un atadito de ropa y unas pocas tortillas, chile, carnita seca.

Siete treinta, el vecino sigue ahí, escribiendo. Se rasca el cabello y luego se cubre el rostro con las manos. Vuelve a mojar la pluma en el tintero. El vecino escribe lo mismo que todos los escritores que lo han precedido y los que vendrán. Así era todo.

Manuel ha logrado levantar la hacienda, ha sido difícil después del estado en el que la encontró. Campos abandonados y un caporal que ha huido nada más supo que el sobrino del dueño se acercaba. Pero en menos de un año duplica la obtención de caña, al igual que de café y de tabaco.

—Si levantas esas tierras, son tuyas —le había dicho su tío. Y lo ha logrado, haciéndose de muchas hectáreas más, creciendo la hacienda hasta casi colindar con los pueblos de Ixhuatlancillo.

Manuel cabalga sus tierras a diario, orgulloso de saber que todo lo que abarcan sus ojos es suyo. Le gusta, cuando está solo, bajar del caballo y recoger un puño de tierra. Acercarlo a su nariz y olerlo hasta estornudar. Tener un pedazo de tierra, ¿quién no quiere eso en la vida? Dónde poder tener una esposa, parir la prole y morir tranquilo a esa edad en donde la vida se va volviendo aburrida y el misterio de la muerte nos empieza a tentar.

Es entonces que el marqués de Sierra Nevada, el conde de Orizaba y el marqués de la Colina, coludidos con el señor de Tecamachalco y los oidores, empiezan a buscarle problemas a Manuel. Primero un incendio en el molino, después una bola de negros cimarrones que llegan a matar y a violar mujeres en la calpanería de la hacienda. La gente desaparece de pronto, sin ton ni son y parte de la siembra de tabaco se ha perdido por un extraño bicho. Manuel, desesperado, no sabe qué es lo que sucede. Hasta que su tío le abre los ojos.

—Ellos no quieren a otro en estas tierras —le dijo una tarde en que Manuel fue a visitarlo y jugaban a la brisca—. Yo nunca fui tan ambicioso, Manuel, por eso no me tomaban en cuenta, mi dinero lo hice sin que lo percibieran. Pero tú eres diferente, quieres llegar a ser grande y eso no lo puedes cambiar. Ellos no te van a dejar en paz hasta que les cedas esas tierras o te encuentren los zopilotes en algún despoblado. Es mejor que les vendas las tierras y compres la hacienda que te ofrece el conde del Valle de Orizaba.

—Pero ¿después de todo lo que me sobé?

—No fue tanto, hijo, no fue tanto.

—¿En dónde está? —le pregunta Manuel, dejando las cartas a un lado.

—Lejos —contesta el tío, sosteniendo su taza de chocolate en las manos—, cerca de un lugar llamado Cuernavaca que, dicen, es un vergel.

—Más que esto —dice Manuel levantándose y caminando hacia la ventana, sintiendo la sangre que le burbujea.

—Dicen que está cerca del puerto de Acapulco y que tiene gran futuro. Manuel, aquí no lograrás nada, créeme.

—Pero, tío, después de todos los planes, lo que invertí en las otras tierras, ¿por qué? No es justo —continua Manuel sintiendo la boca de trapo.

—El mundo nunca ha sido justo. Así lo quiso Dios. Hace doscientos cincuenta años los indios eran dueños de estas tierras, ahora son nuestros siervos y no tienen un gramo de nada.

—Pero ellos no son personas como nosotros —contesta Manuel—, ellos son animales.

—¿Y qué crees que piensan de ti el marqués de Sierra Nevada y el conde de Orizaba?

—¡Pero yo soy español! —grita Manuel, pegando con el puño en la mesa.

—¿Y? —le contesta el tío Sebastián—. Ellos tienen sangre azul, tú tienes la misma sangre que yo y que todos los españoles que por siglos fuimos los ciervos de sus abuelos. Haz lo que te digo, escucha mis consejos y vete de aquí.

Y un Manuel tristón regresa a recoger sus cosas a Jalapilla. El viento le parece más dulce, al igual que Amelia, que los muchachos bañándose en el estanque, que los picos azules, que la niebla, que *los cocuyos. Y la cocinera, escondida tras un pilar de la terraza, puede observar a aquel hombre, fuerte y ceñudo, gran amante e iracundo capataz, cubrirse la cara con las manos y empezar a lloriquear.*

Cuando deja atrás la hacienda, todo se va volviendo penumbra, se va convirtiendo en lluvia y bruma helada. Y, como otros tantos recuerdos, se van alojando en esos arcones dentro de su cabeza.

Después de todo, estas tierras no son tan hermosas, piensa; siempre llueve, hace un calor del demonio y también un frío que te cagas. Y así de oscuro hubieran seguido ese clima y el ánimo de Manuel si no se hubiera topado con Mercedes.

Juan se levanta y escribe en su libreta de notas: Hay ríos que tienen más prisa en llegar al mar…

Dos hermanos (no importa si son hombres, ni el color de piel), igual a la obsesión y el deseo. La culpa.

España contra México. Estado contra Iglesia.

El cabello de Dolores. Hermosa cobija que sana.

Los héroes no son seres humanos, tampoco santos (San Agustín, sic), y no creen en los hombres, sino en el futuro.

La ventana por fin se ha oscurecido. El escritor se prepara para dormir. La vida debe descansar. ¿Puede haber mayor paz en esta noche que un París amordazado?

12 de febrero de 1866

París, Second Empire Français

Sr. Don Narciso Mendoza
Hacienda de Santa Inés, Ciudad del Carmen

Mi muy querido amigo:
Recibí su amable carta, la cual me llenó de alegría y también de cierta nostalgia. Han pasado muchos años de aquellos acontecimientos que usted me hace favor de recordar con gran nitidez. Fueron momentos de gloria para nuestra joven nación, y también momentos de gloria para nosotros, quienes, aún siendo unos niños, aprendimos a defender nuestra tierra. Mi padre, q.p.d., estaría muy orgulloso de leer su amable carta y saber que usted siguió luchando por esa causa tan justa.

México, gracias a nuestro valor y a la sabia guía de nuestros caudillos, se convirtió en una nación sana y libre. Pero no ha terminado la lucha, al contrario, tenemos que seguir adelante para lograr la pacificación y detener la ambición de nuestros vecinos del norte, quienes, bien lo sabrá, han logrado arrebatarnos gran parte de nuestro territorio.

Con gusto le enviaré un pequeño emolumento, acorde a mis posibilidades, pero sé que le servirá para las diligencias que usted bien me explica en su misiva. Lo enviaré a Don Antonio Zubieta, su patrón, dicho emolumento para que él, con la probidad que lo caracteriza, le haga entrega del mismo. Festejemos a la patria y festejemos a nuestro nuevo Emperador, quien sabrá guiarnos por el camino de Dios.

Con respeto

Juan Nepomuceno Almonte

Gran Mariscal de la Corte y Ministro Imperial

XII

Pamuceno cuatro orejas
tocando la chirimía
pensaba en la monarquía
con aplauso de las viejas.
Era tan grande su empeño
que se encontró en un piñón
en su trono a Napoleón,
pero a Napoleón pequeño.
Para testa coronada
hizo a Luisito un envite,
mas como habló en otomite
el otro no entendió nada.

VICENTE RIVA PALACIO

Una noche, después de cenar en casa del embajador de la Argentina, mientras fumábamos un habano y tomábamos *brandy*, el general empezó a hablar sobre el Imperio, y me contó tantas cosas que me es difícil recordarlas todas, pero entre todo de lo que habló recuerdo muy bien, y hasta la fecha, que el 2 de enero de 1864, él y José Mariano de Salas decretaron la creación de otro Banco de México. Un banco de emisión, descuento y depósito, dijo. Los concesionarios eran varias casas europeas, y era un banco de estado con privilegio para la emisión de billetes.

127

Y se encargaría de las deudas interna y externa. El general sacó un flamante billete y me lo mostró. Su Alteza el Emperador tenía miedo de que el banco se convirtiera en mi banco, me dijo. Yo había pedido autorización para emitir hasta un 33.33% de las reservas metálicas. Pero nació mal el niño, continuó guardando el billete después de que se lo devolví, sin saber qué decirle. Los liberales nos acusaron de que estábamos vendiendo el país a los extranjeros. Y la institución se acabó antes de que se acabara el Imperio, porque Su Alteza nunca me otorgó las concesiones que pedí. Demasiado liberal, dijo el general mientras se levantaba por la botella de *brandy* y llenaba nuestras copas. Y luego llegaron los inglesitos con el fin de afinar los términos de una concesión bancaria por parte de la regencia del Imperio. Y bueno, pues en junio se concedió la creación de una sucursal del The London Bank of México & South America Limited, siguió diciendo y marcando el acento inglés en forma exagerada. Yo mismo recibí a Newbold en la estación de Diligencias, para que viera Su Alteza que no guardaba ningún resentimiento. Así nació el Banco de Londres y México y yo me quedé solo observando. Su Alteza el emperador Maximiano sabía de mi relación con Su Alteza el emperador Napoleón III y la protección que me concedía como persona honrada.

Frente al mar, Dolores remienda una red que se extiende a su alrededor como el enorme manto de Neptuno. Su cabello ralo y blanco deja ver parte de su cráneo requemado por el sol. Al igual que su rostro, su cabeza contrasta con el verde de sus ojos. Está sentada con las piernas abiertas, a las que cubre una falda deslucida. Lleva puesta una blusa sin forma y sin color que deja ver el inicio arrugado de sus pechos.

La anciana mira hacia el horizonte, esperando que algo suceda, esperando a alguien, pero sin ansias, sin sobresaltos. Cose con mucha calma y mira hacia el frente. Tras ella está la cabaña de techo de paja, como si fuera solo una bambalina. Unos niños que enseñan sus piernas raquíticas y sus grandes panzas juegan a su alrededor con las gaviotas y los pelícanos.

—¿Dónde están los niños? —pregunta una mujer, asomándose por la puerta de una cabaña.

—Con la loca —dice la que lleva sobre su cabeza un guaje con agua.

Dolores no escucha, no quiere escuchar más que el ruido que hacen las olas, el que hacen las gaviotas y el que hacen los niños. Los demás ruidos no le interesan.

Desde que era una niña se ocupó más de las cosas sencillas que de las complejas. Su nana decía que la niña tenía enclenque el alma, que por eso su mirada se extraviaba con tanta facilidad en la gota que rebotaba en el charco, en el círculo nacarado que dejaba la luna sobre el mosaico del pasillo o el hilo de oro sobre la blancura de un huevo.

—Tiene el alma enclenque, la niña, y se le puede quebrar en cualquier chico rato —le repetía la nana a Mercedes.

Las cosas que eran sencillas para Dolores no siempre lo eran para la demás gente. La niña no vestía a sus muñecas, no les cepillaba el cabello, no las arrullaba ni les daba su papilla. La niña detenía el transitar del sol con un abrir y cerrar de ojos, iluminaba las nubes con distintos colores, encerraba al viento en los viejos toneles de vino y al vino lo volvía sangre los días de Cuaresma.

La niña vivía para realizar a diario todas esas diligencias. Extrañas o hermosas, dichas acciones tenían como fin el terminar, simple y sencillamente, con el miedo. Cosa imposible, lo supo desde pequeña, precisamente porque el miedo era como sus uñas, sus cabellos, y aunque lo cortara, lo arrancara, lo comiera, volvía a crecer. El miedo no venía de fuera.

Sabía que su padre la quería con toda el alma, pero a ella aquel hombre la perturbaba, no lograba pronunciar una palabra frente a él y por eso creaba la tormenta en su sopa o daba vida a los migajones del pan. Su madre no la ponía en desequilibrio, al contrario, el olor que despedía la llenaba de paz. Aun cuando la mujer estuviese enojada por alguna travesura que hubiese hecho, aun cuando recibiera de ella un bofetón o unos buenos varazos en las nalgas, se mantenía sosegada por ese tufillo.

TRATADO MON-ALMONTE

26 de septiembre de 1859

París, Francia

Partes: Juan Almonte, Partido Conservador Mejicano, y Alejandro Mon, Reino de España.

Motivo: Terminar la disputa diplomática entre ambos países.

1.- Ya juzgados y sentenciados los asesinos de San Vicente y Chinconcuac, el gobierno mejicano seguirá persiguiendo y castigando a los culpables de los crímenes del mineral de San Dimas, Durango, el 15 de septiembre de 1856.

2.- El gobierno mejicano se compromete a indemnizar a los súbditos españoles por daños y perjuicios sufridos en los crímenes cometidos en el mineral de San Dimas.

3.- El gobierno mejicano también acepta indemnizar a los súbditos de S.M.C. por daños y perjuicios sufridos en los crímenes cometidos en el mineral de San Dimas.

4.- Basado en los dos previos artículos, el gobierno español consiente en que las indemnizaciones no sentarán precedente para casos futuros.

5.- Los montos de las indemnizaciones acordadas los determinarán los gobiernos de Francia e Inglaterra, teniendo en cuenta toda evidencia presentada.

6.- El tratado del 12 de noviembre de 1853 será restablecido con toda fuerza y vigor como si nunca hubiera sido interrumpido.

7.- Cualquier análisis de daños y perjuicios que haya quedado pendiente por la ruptura de relaciones entre

Méjico y España podrá retomarse entre los gobiernos de dichos países.

8.- Este tratado fue firmado y sellado por los infrascritos plenipotenciarios, y será ratificado por el presidente y la reina, a más tardar, en cuatro meses en París.

El general me contó que él fue uno de los fundadores del Ateneo mexicano, en 1840. Éramos un grupo de hombres que luchábamos porque el arte y la ciencia hicieran crecer al país, me dijo aquella tarde en que salimos a tomar el fresco en los bosques de Bolonia. En esa época había regresado de Bélgica, donde fungía como enviado extraordinario, para ocupar el puesto de Ministro de Guerra y Marina que el señor Presidente de la República Anastasio Bustamante le había encomendado. También creé la infantería ligera y la sociedad de estadística militar, me dijo entonces. Se quedó mirando a una bella amazona que, con un traje color violeta, galopaba junto a un hombre mayor con uniforme de almirante. Bellas mujeres, hacen menos duro el camino de los hombres hacia Dios, dijo suspirando. Luego sonrió, eso me lo dijo una vez Don José Mariano de Michelena cuando estuvimos en Londres. Él me enseñó muchas cosas, por ejemplo a tomar café. Cuando era pequeño tomábamos infusiones, dijo, recuerdo el sabor a anís, también la textura de un atole de masa al que le ponían canela. Suspiró. La vida en México no es sencilla, nos falta tanto qué aprender de estos países, continuó. ¿Usted lo cree?, pregunté yo. El general me miró sorprendido: Claro que lo creo y lo sostengo, Europa es el centro del mundo, de la cultura, de la política. Vea Gran Bretaña, todo funciona... Se quedó callado y sonrió. No, eso no es verdad.

XIII

6 de abril de 1862

Orizaba, Veracruz

Excelentísimo señor Don José de Salamanca
Mi siempre querido Don Pepe:

Recibo la de usted de marzo y me apresuro
a contestarla, no con la esperanza de que por medio de sus buenas relaciones en París pueda usted
contribuir a evitar el cataclismo que nos amena-
za, pues estoy yo persuadido de que es inevitable:
sino para dejar sentado que el tiempo se encargará
de probar, esto es, que los comisarios del Emperador han emprendido una política que llegará a
ser fatal para la Francia.

Mientras el vicealmirante La Gravière ha
creído ser interprete fiel de la política del Emperador, hemos estado en todo acordes y todo
ha ido bien, pero desde el momento en que llegó
Almonte, y con él nuevas instrucciones, más en
armonía con las opiniones de *monsieur* Saligny
que con las del almirante, este se desanimó, se

entregó, se dejó ir, hacia la política de su colega, y desde entonces vamos mal, y empeoramos por instantes, tanto que dentro de tres días debemos…

Un soldado entró y se cuadró.

—El general Almonte lo busca, señor.

Prim deja la pluma y se levanta malhumorado. Qué quiere ese tipo. Indio ladino, le han contado que así les dicen a ese tipo de escoria. En fin.

—General Prim.

—General Almonte, ¿cómo le sienta la humedad de esta ciudad?

—Todo en orden, general. ¿Y usted? ¿No extraña a la madre patria?

—No, siempre estoy en contacto con ella. Mire, precisamente en este momento escribo una carta al bueno de José de Salamanca, nuestro ministro en París.

—¿Y qué le cuenta?

—Sobre el clima, general, sobre el clima.

—Me parece que tenemos muchas cosas que discutir con ustedes.

—Mire, general Almonte, le voy a ser sincero, algo no muy común entre la gente de nuestra calaña. España se retira.

—Pero…

—Le daré la primicia, general, la convención de Londres ha sido disuelta por Inglaterra y España. Usted debe hablar con Napoleón III, con él es con quien podrá seguir negociando la paz de su país o, perdone que se lo diga, la venta.

Un callejón, una puerta estrecha. Émile se acerca y toca tres veces. Esperan. Vuelve a tocar tres veces. Giran la mirilla y aparece un ojo, solo un ojo, porque es lo que se puede ver en una mirilla. Una frase en francés tan rápida que Juan no entiende. Una brisa muy ligera no deja de caer. Algunos hombres y mujeres se reúnen en grupos de tres y cuatro en el callejón. Los miran. Juan se acerca más a Émile. El muchacho huele a sudor y a sándalo. Por fin se abre la puerta. Todo negro. A lo lejos, una luz que se va acercando. El rostro de un chino. Da media vuelta. Lo siguen. El pasillo es largo y huele a humedad. Entran a un salón apenas alumbrado. Huele a chocolate. Objetos chinos, sedas. Se van acostumbrando los ojos y aparecen camas muy bajas. La gente fuma de unas grandes pipas. Opio. Juan ha leído sobre el opio.

—¿Qué hacemos aquí?

—Cálmese, general. Sígame.

Caminan entre camas hasta llegar a unas puertas de celosía. Dentro hay varias camas vacías, dos mujeres chinas miran al suelo. Hay varias hornillas y pipas.

—Mientras esperamos, fumemos, general.

—No.

—Póngase esa bata —dice Émile, quitándose el saco y la camisa. Su cuerpo es tan pálido como la cera. Un chino le ayuda a Juan a quitarse el saco y la camisa. Siente vergüenza. Luego la bata, muy suave y fría. Se descalza.

—Así estaremos más cómodos.

—¿A qué hora van a llegar los demás?

—Acuéstese ahí, general.

Se recuesta de lado. Apoya su cabeza sobre una madera, a modo de almohada. La mujer, como una madre, le sonríe mientras calienta la pipa. Luego se la acerca a la boca y lo hace aspirar. Termina dos pipas y el sueño está a punto de vencer la noche. Entonces cree ver a Ernestito, ¿Ernestito?, ¿Fernandito?, a su amigo y a otras personas sonrientes y... Trata de levantarse, no puede. Oye risas, oye voces.

París no deja de llorar, Cuautla llora, Nueva Orleans, Londres, la Ciudad de México. Niños, muchos niños marchan sobre una nube de polvo. Adelante, Brígida Almonte, el cura Morelos, la nana y un loro enorme que no deja de hablar. Conquistamos Europa. El teatro y los viñedos. Un castillo se desmorona. Vivan los emperadores. Viva Almonte. Las paredes crujen y un ejército de avispas cubre a Juárez. Por fin la justicia con su lienzo blanco cubriendo los ojos, la balanza. Ernestito, ven, dime en qué termina la novela. General, usted volverá a ser mariscal del Imperio. Silencio, hay que guardar silencio. La felicidad existe. El dolor no existe. El sueño, el sueño.

París no deja de llorar, como la taza con la tisana de menta. Lolita y las tisanas, Lolita sabe preparar tisanas de menta. Juan camina con prisa por el techo, mira el fuego de la chimenea invertido, mira sus libros y vuelve a caminar por la pared, cuidando de no pisar los vidrios de la ventana. Ha subido las escaleras y al llegar arriba ha sentido un sopor. Todo ha sido una broma de mal gusto. Se sienta en un sillón que lo empieza a engullir y espera. ¿Cómo pudo llevarlo ahí, a ese tugurio? Francia siempre ha sido el nido de la perdición, y todo por la supuesta modernidad, por la vanguardia, esa palabra que tantos problemas ha causado, la vanguardia, como si lo moderno fuera mejor que lo viejo, que lo clásico. Tonterías. Hay unas nubes frente a él. ¿Dónde estamos? Quiere vomitar. Fumaderos de opio, ha escuchado de todos esos lugares, de la gente que los visita, sobre todo artistas decadentes como Baudelaire. *Las flores del mal*. Libro maldito que escribió la sífilis. Por algo multaron al poeta. Por algo le dicen poeta maldito. Debería de estar en la cárcel. Ese olor a chocolate, esas lámparas rojas, los dragones, las máscaras. Despertar en el coche, con nauseas, con un terrible dolor de cabeza. Émile Zola. Qué busca. De dónde salió ese amor por México. General, se quedó dormido y no hubo forma de despertarlo. La junta fue muy interesante, usted se la perdió. Todo va por buen camino, pronto habrá más noticias. Un estúpido. Nunca ha sido enfermizo, por eso está nervioso. Abre los ojos, las aves del tapiz vuelan hacia él. Cierra los ojos. Esa noche rumbo a Cuernavaca, él tenía que llegar a primera hora. Era la recepción del enviado del zar Alejandro II. Complicado, pocas veces se habían visto rusos en México. Los rusos eran altos, peludos, tomaban vodka y comían oso. Un ruso, la corte estaba a la expectativa por conocer a un ruso. Les llaman boyardos. ¿A quiénes? A los nobles. ¿Llegará en trineo? No seas tonta. Se debe estar derritiendo. El general Almonte, el único que había tenido tratos con algunos funcionarios de aquel lejano Imperio, estaba enfermo. Cuando había estado en Londres había conocido al embajador de todas las Rusias. Esos rusos eran tan sofisticados como los nobles ingleses. Eran elegantes, guapos, cultos. Cuándo pasará esto. Sí, pero cuando se encolerizan vuelven a ser como Iván el Terrible. Los condes tenían una sala espléndida, lo mismo que el comedor donde Juan varias veces degustó la sopa de remolacha, el filete Stroganoff y los blinis con caviar del mar Caspio. La habitación de junto siempre estaba cerrada. Algunos invitados se perdían por esa puerta. ¿Solo curiosidad? Una sola vez entró. Camas y pipas, humo. Opio. Era primordial que estuviera a primera hora en Cuernavaca. Pero llegaron la fiebre y el vómito. Quería levantarse, pero no podía. Dos veces había tratado de tomar la diligencia y dos veces había tenido que regresar corriendo a su casa. La debilidad aumentaba. Abre los ojos, las aves siguen volando. Los cierra. En el sitio de Cuautla la gente caía en las calles por la falta de comida. Él había aguantado, pero era entonces un muchacho fuerte. Estaba la esperanza, estaba el cura, su padre, su general, el más valiente, el mejor estratega. Las palabras de tanto repetirse se desgastan, todo se desgasta, hasta los héroes, los imperios. Napoleón Bonaparte había expresado su admiración por José María Morelos. Por qué repetir lo mismo una y otra vez. Si del único que se podría creer esa sentencia era del gran Corzo. Pero era imposible no repetirlo a cada momento. Había mandado un mensaje y a su subalterno. Alguien tenía que encargarse de la recepción. Los emperadores lo habían entendido, sobre todo el Emperador. De la Emperatriz no podía esperarse mucho. Había sentido esa displicencia que tanto le molestaba. Ella tenía la certeza de que en México todos eran niños y, por lo tanto, tenía que ser paciente. La recepción, un desastre. A quién se le había ocurrido poner un oso disecado, un maniquí con una vieja capa de pieles y un gorro de mapache, en una esquina del salón. En lugar de usar el águila bicéfala de San Andrés, habían utilizado la

corona del Imperio austrohúngaro. El general Juan Nepomuceno Almonte, ya bastante mejorado, había recibido en
Chapultepec al famoso príncipe, con varias botellas de cham-
paña, a fin de quitarle el mal sabor de boca que le había dejado
no solo la desorganización de la recepción, sino también lo
picante de las salsas, lo pesado de los moles y lo baboso de
los pulques.

—Juan, ¿se siente mal?

—No, solo me quedé dormido.

—¿A qué hora volvió usted ayer?, no lo escuché.

Juan no contesta. Solo cierra los ojos y vuelve a intentar
dormir en el sillón.

—Usted ya no está en edad de andar con esos trotes, debe
cuidar su salud y…

—Yo estoy bien, estoy sano y listo para lo que venga. Si
Dios lo quiere, aún cumpliré con las misiones que él me en-
comiende.

Cierra los ojos y se duerme.

NOTAS APARTE

Carlota, *cherie* —dijo Maximiliano
mientras se quitaba los calcetines—:
esta noche volví a advertir que le hiciste
ascos a los tacos de carnitas en casa de los
Almonte...

MARCO A. ALMAZÁN

Dicen las malas lenguas que cuando llegó la delegación mexicana a Miramar, el señor Estrada traía una terrible inflamación de vientre, que sus gases ya habían alertado a Miramón y a Almonte, quienes con presteza buscaron en el hotel algún remedio. No puede ir usted en esas condiciones a ver a los futuros emperadores, dicen que le dijeron. Pero también dicen que él insistió y que así se presentó. Y dicen que desde ahí comenzó mal esto del Imperio, porque precisamente, en el momento en que el archiduque Maximiliano de Habsburgo daba el discurso de aceptación, se escuchó el característico estruendo que dejó a todos mudos, menos al futuro Emperador, que siguió con su discurso. Dicen que la princesa Carlota Amalia, hija del rey Leopoldo, solo se cubrió la nariz discretamente con el abanico que mostraba un hermoso paisaje veneciano.

Dicen que fueron dos incidentes más que vale la pena contar, porque podrían tomarse como avisos divinos que fueron marcando la pauta de lo que sucedería más adelante. Dicen que cuando llegaron los emperadores con su séquito en la fragata Novara al puerto de Veracruz, se encontraron con un lugar muerto. El pueblo veracruzano se encerró en sus casas y no salió al muelle a ver llegar la fragata. Dicen que fueron algunos oficiales solamente, y algunos borrachos y prostitutas, quienes estuvieron presentes en el desembarco de tan importante delegación. Dicen que quien estaba encargado de recibirlos era el general Juan Nepomuceno Almonte acompañado de su esposa Doña Dolores Quesada, quien dicen ya había recibido una carta de puño y letra de Carlota donde la nombraba una de sus damas de compañía, pero nunca llegaron. Dicen que meses antes Doña Dolores Quesada de Almonte, a quien apodaban la generala Almonte desde que se casó con el hijo del Siervo de la Patria, se dedicó a visitar modistas y a pedir consejo a las señoras de más mundo para saber qué vestido portar para dicha ocasión. Dicen que no saben si fue con mala intención, pero le aconsejaron que portara un vestido negro de terciopelo, con cuellos de encaje y puños del mismo material, pequeño sombrero de piel de nutria y sombrilla de seda negra. Dicen que los Almonte llegaron al puerto una semana antes del desembarco, y que Lolita se dio cuenta de que las mujeres en ese lugar vestían de colores claros y de algodones delgados que hacían un poco más llevadero el bochorno. Dicen que fue entonces que pidió a su marido otro vestido más adecuado para esos climas infernales, pero que el vestido nunca llegó de la Ciudad de México. Dicen que un día antes, de puro coraje y como les pasa a los monos aulladores cuando los corretean, le vinieron unas seguidillas que no la dejaron en paz. El día del desembarco, en la mañana, las mujeres del hotel Diligencias le prepararon varias tizanas y otros remedios para detener el chorro, pero que fue imposible. Dicen que era una mujer que no mostraba nunca lo que le pasaba por la cabeza ni por el corazón, y que por eso todo lo sacaba por salve sea la parte. Así que, dicen, no pudo levantarse, y que aunque se hubiera podido levantar no habría llegado a la puerta del cuarto sin tener ya una deposición, así que, dicen algunos, el general Almonte decidió quedarse a cuidarla como muestra de gentileza de un marido ejemplar para con su mujer, aunque otros dicen que realmente fue porque la generala dijo que si ella no iba, él tampoco lo haría. Dicen que al final, los emperadores perdonaron a Almonte y a su esposa, y estos por primera vez fueron parte de una corte imperial al estilo europeo.

Dicen que el tercer incidente sucedió en la ciudad de Orizaba, donde la gente era más conservadora, católica y monárquica que en cualquier otro lugar del continente americano, y que estaba emocionada de ver llegar a unos príncipes de cuento de hadas. Dicen que en la Calle Real se habían puesto unos enormes festones, arcos de flores y niños vestidos de amorcillos griegos que lanzaban flechitas a diestra y siniestra. Dicen que una banda empezó a tocar cuando las carrozas se acercaban y que unas mujeres vestidas con trajes guardados desde la época de la colonia, hasta con pelucas blancas, esperaban a los emperadores en una casona muy engalanada de una de las familias más pudientes de la región. Dicen que los emperadores lloraron de la emoción al entrar en aquella ciudad rodeada de cerros muy verdes, entre cohetes y fanfarrias, y que el oscuro ánimo que los había acompañado desde la salida del puerto de Veracruz se evaporó. Y dicen que todo iba muy bien hasta que llegaron a casa de sus anfitriones. Dicen que ni siquiera dejaron descansar a sus altezas reales, sino que los llevaron directo a la mesa. Que Carlota pidió a la señora

Almonte que preguntara a los anfitriones donde podía irse a dar una manita de gato, pero que la señora Almonte no le hizo caso. Así que, dicen, Carlota desde ese momento le agarró un poco de tirria a esa señora que olvidaba su lugar en la corte recién formada. Dicen que cuando sirvieron la comida los emperadores se quedaron con los ojos como de lechuzas, que miraban para un lado y para el otro sin saber si comer aquellos extraños platillos que los demás comensales devoraban con gran felicidad. Dicen que sirvieron a sus majestades un rico curado de apio, que al principio lo probaron con cierta reticencia, pero que poco a poco le fueron encontrando el gusto hasta terminar bastante alegres. Dicen que entonces el general Almonte, quien estaba como encargado de la comitiva, juzgó prudente que los emperadores se retiraran a descansar. Y fue entonces que la emperatriz Carlota tuvo ganas de pasar a los servicios, pero dicen que en lo único que no pensaron los anfitriones fue en eso, porque quizá pensaban que los príncipes europeos ni obraban ni meaban. Fue así como la señora Almonte y otras dos damas orizabeñas tuvieron que acompañar a Su Majestad, y levantar las finas crinolinas para que se acuclillara en una letrina apestosa y pudiera hacer de su vientre. Y dicen que luego dijo la generala Almonte que la mierda apesta igual sea de peón o de princesa.

Dicen que estas tres cosas marcaron el rumbo que tendría el Imperio, y que el general Juan Nepomuceno Almonte y su mujer fueron los testigos más cercanos de esos hechos y de muchos más que llevaron al Imperio a la meritita mierda.

XIV

Dolores, abrazada a Girolamo, ve liar los bártulos a los soldados. En medio de ellos, esposado, Vicente Guerrero camina mirando el suelo y cantando:

A las armas corred, españoles
de la gloria la Aurora brilló:
la nación de sus viles esclavos
sus banderas sangrientas alzó.

—*Él quiere casarse conmigo* —*le dice a su marinero, quien no la entiende, pero le sonríe y le besa el cuello. Tras ellos, el enorme y panzón Picaluga grita de pronto.*

—Ora ritorniamo ricchi e felici alla nostra Napoli. Non posso sopportare questo maledetto paese.

Don Vicente Guerrero camina entre los soldados. Ella sabe que lo van a enjuiciar, se lo han dicho esos indios prietos y chaparros. Es la hora del Ángelus y el sol cae de lleno sobre la cabeza del hombre; su cabello ensortijado brilla negrísimo, contrastando con su casaca de paño rojo, azul y blanco. Sus botas se han abierto de la parte de abajo y, al dar cada paso, cascadas de arena salen de diferentes partes. Él no deja de murmurar.

—*Teníamos el plan y los asomos para el gobierno que debía instalarse provisionalmente, con el objeto de afirmar nuestra sagrada religión y establecer la independencia del Imperio mexicano. Tendría el título de Junta Gubernativa de la América Septentrional, propuesto por el Sr. coronel D. Agustín de Iturbide y Juan Nepomuceno Almonte, quienes me camearon, lo mismo que al excelentísimo señor virrey de Nueva España, conde del Venadito, venadito, venadito. Iturbide fue un traidor y Almonte, aunque hijo del gran Morelos, lo fue también. Teníamos el plan y los asomos para el gobierno que debía instalarse...*

Muchos años antes, en la finca, Dolores escuchaba una letanía similar que no comprendía, pero que le daba miedo, y ese miedo le engarrotaba entonces las piernas. Dolores le pidió a esa mujer que alguna vez había sido su madre que mejor se callara, pero la voz de Mercedes no cesaba.

—Comedias de enredos de magia hasta historias de santos yo actué de Santa Ágata ah como todas las santas que sufrieron mucho por culpa de los hombres por culpa de ese pecado que cargan todos los hombres la lujuria y luego por tanto sufrimiento se hizo santa santa santa...

Estaban en la terraza de la finca y una leve brisa mecía los árboles de jinicuil, pero ya nada refrescaba ese lugar. El olor a podrido picaba la nariz y Mercedes seguía con su cantinela.

—El barrio de Injurias fuera de la cerca de la ciudad con pura gente menesterosa entonces era difícil encontrar otro y menos dentro de Madrid era muy caro y la gente como nosotros no podía pagar esas rentas de las penurias no hay que acordarse de que te vendan a un viejo tampoco mejor de la compañía de teatro eres una muchacha muy hermosa con que aprendas un poco de actuación te convertirás en la sensación de los escenarios y no había sido fácil aprenderse los parlamentos y luego actuarlos en muchas ocasiones el público soltó la carcajada al verme muda salir de repente corriendo del escenario pero por mi empeño y sobre todo por la paciencia de Don Silverio que se había enamorado platónicamente de mi había logrado empezar a actuar si no muy bien de forma pasable

que se preocupen de la actuación me decía cuando se tiene belleza como tú con que sepas llorar y reír es suficiente poco a poco llegó el dinero y cierta fama los novios me compraban buenos regalos y no con todos tenía que acostarme a veces solo pasear en carruaje por el parque del Retiro e ir a misa vestida como señora de respeto el dinero que ganaba lo gastaba en ropa en afeites y en la renta de un pequeño apartamento cerca de la Plaza Mayor sin familia y en las noches en el teatro el escuchar los piropos de los hombres ah los hombres y los aplausos ah los aplausos me sentía importante eufórica y la soledad y el miedo desparecían por algunas horas cada mañana sentía el mismo temor al pensar que al verme en el espejo me encontraría con otro rostro que a la gente ya no le gustaría y que dejaría de ser actriz y perdería mi apartamento mi ropa mis amantes ah mis amantes y tendría que regresar a la casa de mi madre a quien no quería volver a ver eres hermosa Meche me decía mi amante de turno ah mi amante de turno si no estuviera casado lo haría contigo eres hermosa Meche si mi familia lo permitiera me casaría contigo eres hermosa Meche si tuvieras apellido eres hermosa Meche si hubieras estado en un convento jajaja eso era lo que siempre sucedía nada serio solo amantes por algunos meses señoritos que bien me dejaban por ya no pagar lo que les pedía o bien porque yo conseguía algo mejor somos putas de lujo me decía la Bucanera y atemorizada por todo y cuando me dijo uno de mis amigos que quizá habría guerra en Europa que mirara lo que estaba pasando en Francia no dudé ni un momento en aceptar el ofrecimiento de aquel empresario que había venido de las Indias a buscar actrices para ir a trabajar a la Nueva España que estaba más lejos y era más segura fue así que vendí mis pertenencias quedándome con algunas pocas joyas ah mis joyas compré un billete de primera clase y guardé todo en la liga de mi media y viajé a La Coruña a donde algunos fanáticos y amigos me acompañaron y llegó tres días antes de que zarpara el barco la

147

primera noche al llegar a una taberna descubrí al ser más hermoso que había visto en mi vida el más hermoso y como casi siempre sucedía me miraba era rubio muy alto y elegante un noble buenas noches el hombre me sonrió se levantó y se agachó frente a mi tomó mi mano y la besó: Friedrich Wilhelm Freiherr Alexander von Humboldt...

Juan sale al pasillo y el perro, que desde el incidente del libro tenía prohibido entrar a la biblioteca, se levanta de un salto. Juan, cosas que no se entienden, se acerca y le acaricia la cabeza. El perro lo mira interrogante y luego lame su mano.

—¿Vamos a ir al salón de la condesa de Duras?

—Sí, solo me cambio de traje.

—Debemos llegar puntuales.

—¿Le comenté que me encontré al hijo de Estrada en un *bistro*?

—Fernandito.

—Se portó un tanto impertinente, nada que ver con su padre, en paz descanse.

—Esto es lo que causa París.

—Me habló de cambios en México, pero no puedo decirle más.

—Juan, usted sabe que cuando debo ser una tumba, lo soy.

—Lo sé, mujer, lo sé.

—Derrocar al indio traidor, Juan. Quizá poder volver a México.

—No adelantemos vísperas.

—Dios quiera, Juan, Dios quiera. ¿Tiene que ver esto con sus últimas salidas?

—No me pregunte, mujer. Todo a su tiempo.

El general Don Juan N. Almonte, que tanta influencia
tuvo en los asuntos de la Intervención.
De la Regencia y del Imperio. Era el general Almonte
uno de los personajes más prominentes del
partido conservador; el Emperador
lo respetaba mucho y lo consultaba siempre
en todos los casos difíciles, que con frecuencia
ya comenzaban a presentarse. Se le había designado
como ministro plenipotenciario de México en
París, para donde debía partir muy en breve,
pues se creía que tendría gran influencia cerca de
Napoléon III, y podría arreglar las dificultades
que cada día se hacían más notables,
entre los franceses y el Imperio mexicano.

José Luis Blasio

París, agosto 14 de 1866
Excelentísimo señor ministro de Relaciones Ex-
teriores:
Su Majestad, la Emperatriz, acompañada del excelentísimo señor ministro de Negocios Extranjeros, Don Martín Castillo y un corto número de
personas, después de su largo viaje ha llegado a esta
corte sin novedad alguna en la tarde del 9 del actual.

Aun cuando esta legación, ni oficial ni ex-
traoficialmente tenía noticia alguna de la venida
de Su Majestad, supo por los periódicos america-
nos que debía embarcarse el 13 del próximo pasado julio con dirección a esta corte, a cuyo efecto
era esperada el 12 en el puerto de Veracruz.

En la duda de si era cierta o no tal noticia,
pues algunos diarios de esta corte la desmintieron,

149

me dirigí con mi señora a San Nazario, en donde, a los pocos instantes de mi llegada, ancló el vapor francés la emperatriz Eugenia.

Inmediatamente nos dirigimos a bordo y fuimos los primeros en presentar nuestros humildes y respetuosos homenajes a Su Majestad.

Desembarcó felizmente y, después de haberse detenido algunas horas en este puerto, salió para Nantes en donde pasó la noche del día 8 y el siguiente continuó su viaje hacia esta capital, a la que llegó a las cuatro de la tarde.

Su Majestad se dignó recibir, en la estación de arribo, los respetuosos homenajes que le presentaron el personal de esta legación, el excelentísimo señor don J.M. Gutiérrez de Estrada y varios otros mexicanos que, teniendo ya noticias de su llegada, se apresuraron a saludarla y a darle la bienvenida por su largo viaje.

Después se dirigió Su Majestad al Grand Hotel en donde estaba preparada para tal objeto de antemano su habitación.

Allí el personal de esta legación, que la acompaña desde la estación del ferrocarril, renovó sus felicitaciones, así como todos los mexicanos que se encontraban esperándola.

En ese acto se presentó el príncipe de Metternich, embajador de Austria en esta corte, quien igualmente presentó sus respetos a nuestra augusta soberana.

A las seis de la tarde Su Majestad tuvo la dignación de invitar a su mesa a los miembros de esta legación, al excelentísimo señor Gutiérrez de Estrada e hija, a su alteza el príncipe de Iturbide, y al excelentísimo señor Durán, ministro de Su Majestad en Londres que se encontraba en esta capital.

El día 10 de, a las dos de la tarde, su majestad la emperatriz Eugenia, acompañada de la princesa de Essling, de la señora condesa de Montebello y de la señora Carreti, del señor general Vaubert de Genlis y del señor Cossé Brissac tuvo a bien, hacer una visita a Su Majestad.

Hacia las cinco de la tarde, los coches de esta corte pasaron al Grand Hotel por nuestra soberana, quien fue a dar un corto paseo por el bosque de Boloña.

El 11 Su Majestad se dirigió a Saint Cloud acompañada de la señora Almonte, en un carruaje de la corte, siguiendo a este otro con la señora del Barrio y el señor con del Valle, gran chambelán y el señor Barrio, chambelán de servicio.

En el palacio expresado todo estaba dispuesto para hacer a Su Majestad la recepción que le correspondía.

Las tropas hicieron vallas y le rindieron los honores debidos.

En ausencia de Su Majestad el Emperador, retenido en sus apartamentos por causa de indisposición, Su Alteza, el Príncipe Imperial esperaba en la puerta a Su Majestad a quien dio la mano al bajar del carruaje.

La emperatriz Eugenia, que se encontraba en el primer tramo de la escalera, acogió a nuestra augusta soberana con señaladas muestras de cordialidad y afecto.

Los cien guardias que formaban la valla en el exterior del edificio y todos los que se encontraban en la ceremonia aclamaron a Su Majestad con el grito de ¡Vivan el Emperador y la Emperatriz de México!

Conducida Su Majestad a los salones donde permaneció por largo tiempo con Sus Majestades el Emperador y la Emperatriz, regresó a su habitación y, a su salida, recibió los mismos homenajes y muestras de afecto público.

Adjunto a vuestra excelencia diversas tiras que contienen las apreciaciones que la prensa en general ha hecho del viaje de Su Majestad y en todos se rinden los homenajes descritos a nuestra augusta soberana.

Dios guarde a vuestra excelencia muchos años.

Juan N. Almonte

XV

—Y ¿por qué no le escribe la verdad, Juan?

—¿Qué verdad, mujer?

—Que la Emperatriz se volvió loca.

—Porque no puedo, no es diplomático.

—Ay, Juan, ay, Juan. A veces no lo entiendo.

—Además, todas las mujeres están locas, comenzando por usted, mujer.

—Pues yo lo que pienso es que…

—Las mujeres tampoco piensan. Y ya déjeme en paz.

La mañana está fría, demasiado fría. El escándalo de la calle sube hasta la biblioteca. Un mundo que no deja de moverse de un lado a otro. París no duerme. Los pueblos en cambio son como los hombres, necesitan dormir. El pasado es un nudo, la memoria una máquina oxidada, una máquina obsoleta. Cada día que está viviendo se hace más tieso, más hueco. No pasa mucho, la vida le da la vuelta. Eso es la vejez, un esperar, ¿esperar qué? No siempre está claro, la vida camina, rápido y a la vez sin prisa. Pero de pronto llega. La carta, la novela, el escritor. La vida se refresca. Él es nuevamente un hombre vivo. ¿Cuándo lo contactará el joven Zola? Quiere saber si todo sigue en pie, ir a una reunión donde pueda participar, tiene muchas ideas. ¿Y si busca a Ernestito? Quizá si va al café. No, dijeron que esperara, pero un viejo no puede esperar mucho.

La nota del periódico: una mujer ahogó a sus dos hijos en el puerto de Marsella. México vuelve a entrar en conflictos internos. Mucha gente no está de acuerdo con el presidente Juárez. Esa es la noticia, todo se ilumina. La esperanza, la luz. París ha subido su gris a un tono más claro, casi azul. Pero esa luz no debe apagarse, aunque se diga que el gobierno de Juárez sigue estable, con excelentes relaciones con su vecino del norte y mejorando la diplomacia con todas las naciones europeas. Juárez no les ha ganado, los conservadores perdieron solos, por tanta disputa, por tantas envidias y, tiene que reconocerlo, por tantos sueños. Es difícil comprender cómo los liberales han logrado esa cohesión, siendo tan diferentes. Hasta Díaz se le ha cuadrado a Juárez. Pero todo puede cambiar. Él puede lograr la unión, por algo es hijo del héroe. ¿Cuándo lo va a buscar Émile? Qué noticias tan dispares: una mujer que mató a sus hijos y de la que, la verdad, no le interesa ni siquiera su nombre. En una semana no lo recordará. La otra, México nuevamente en guerras intestinas. México no es un país fácil de domesticar. Es tan grande, tan diverso. Y las comunicaciones tan escasas. Sin comunicaciones no puede unirse ese país. El ferrocarril, se necesitaba una gran red férrea. Trenes que unan a Veracruz con la Ciudad de México. Ni esa vía ha sido terminada. México y Acapulco. Y el norte y el sur. Unir Oaxaca con Tampico, Puebla con Monterrey. Todos convergiendo en la Ciudad de México, una gran telaraña que no solo sirva para el manejo de gente y mercancías, sino para el control político del país. Pero aún los Escandón, con el apoyo de Juárez, no han logrado terminar la primera. Desde Santa Anna está el proyecto, luego con el Imperio, si Maximiliano hubiera seguido en el poder, con el apoyo de Francia hubiera sido otra cosa, pero... Mal momento para los ferrocarriles en México. Si vuelve a México, lo primero que pedirá al Emperador, sea Iturbide o un Habsburgo o un Borbón, será el apoyo a la construcción de una gran red de ferrocarriles.

Las ocho, hora del desayuno. Se levanta ligero. No le pesa el cuerpo, el suyo es aún muy fuerte, ni le pesa el alma. Está listo. La flota, zarpando de Marsella, cruza el Mediterráneo, el Atlántico, el Golfo de México. Tampico, una flota de treinta goletas. Él en la proa, su uniforme de gala. ¿Cuándo? Toma un poco de agua de la jofaina y se la echa en la cara: se pasa el peine por el poco cabello grasoso y se cepilla los dientes. Luego se cruza la bata perfectamente planchada y acomoda el gazné. La mesa está servida como siempre, la misma vajilla de la Compañía de Indias que ha viajado de un lado para otro y que sigue entera, los manteles de lino almidonados y las copas verdes de Bohemia.

—Siéntese —le dice su mujer, muy seria como siempre, perfectamente arreglada como si fuera a recibir a alguna visita importante. ¿La muerte? Sonríe.

—He recibido una invitación de Guadalupe.

—¿Cómo está la niña?

—La niña está muy bien. ¿Iremos a verlos?

—¿Cuándo?

—El próximo jueves, darán una cena a varios mexicanos y quieren que estemos presentes.

—Puede ser interesante, pregunte a la niña a quién invitaron.

—Pero…

—Pregúntele. Quizá valga la pena tener que aguantar una noche a ese gachupín arrea vacas que tiene por marido.

—Juan, por qué no me cuenta lo que trae entre manos, yo…

—Basta.

—¿Quiere más té?

Juan asiente.

El desayuno es lo mismo que el silencio, como siempre, como lo toman todos los esposos. Son muchos años. Los ojos puestos en la comida que engulle ahora con gran apetito, haciendo el mínimo ruido con la boca.

Juan siente el peso de la zozobra. La duda. ¿Y si se descubre antes la empresa? No quiere hablar con Lolita, hace ruido con los cubiertos, con la copa, con los labios. Ella lo mira. Morir en batalla no le importaría. Las Valquirias descendiendo al campo de batalla, entre cientos de cadáveres, para recoger su cuerpo de héroe y llevarlo al Valhalla, a gozar y a beber, a fornicar por toda la eternidad. Morir nunca en la cama, como las viejas. Morir en la batalla, joven aún, querido, llorado. A Miramón y a Mejía los fusilaron en el cerro de las Campanas, junto al Emperador. Morir fusilado no le importaría. Morir en otra fecha, en otro cerro. Juan Nepomuceno Almonte, Agustín Jerónimo de Iturbide. ¿Quién sería el otro? Morir como héroes o traidores, pero con dignidad. Como su padre, cincuenta años. El peor castigo de Dios es prolongar la vida. Algunos lo merecen, como el viejo Santa Anna, pero no él. ¿Si hubiera muerto con su ejército en Cuautla? Un niño apenas, más famoso que Narciso Mendoza. Pero Narciso sigue vivo, en su infierno. ¿Por qué? No es la llama que quema, es el frío que humilla.

—¿Mandará a hacer un retrato de toda la familia?

—Ya veremos. Quizá en México.

— ¿Volveremos a México? Parece usted muy seguro.

—Quizá, señora mía.

—¿Quiere que le preparen algo especial para comer?

—No.

La mucama recoge los platos. Es una nueva muchacha, francesa, güera desabrida, demasiado flaca, con unos ojos tan grises como el cielo de París. Cuando los güeros son feos, son más feos que los prietos. Extraña a las sirvientas indígenas, fuertes, chaparras y divertidas.

—¿Saldrá hoy a comer fuera?

—No.

Lolita se levanta, el ruido de sus enaguas es como una navaja tasajeando la cecina. Demasiado tiesas, como ella. Todo es tieso en la casa: él, su mujer, los cuadros, las alfombras, los muebles. Un golpe en ese viejo rostro. ¿Por qué? El olor, podría ser. La ve alejarse con ese paso marcial, como si fuera un soldado. Me casé con un soldado. En los campos de batalla no hay mujeres, si las hay son las necesarias y en los momentos necesarios. Solamente. Quién dijo que se puede convivir toda la vida con la misma mujer. Dios mío, estoy blasfemando. Es un hecho, mejor morirse joven a andar arrastrando tanta mierda.

Un rato más, sentado, solo, mirando el mantel en silencio.

—¿Quiere el señor más café? —pregunta la mucama en ese francés vulgar que trata de disimular, alargando las palabras.

157

—No —y sin saber por qué, empieza a sentir algo bajo los pantalones. Se levanta y la abraza. La muchacha se resiste un poco en silencio y luego se deja besar. Entonces Juan se detiene. Ese olor agrio. Prefiere a las indias. Sale del comedor.

Camina por el pasillo, borracho. Se detiene de la pared. Un golpe en el estómago, otro, un golpe que empieza a subir hacia el pecho y no lo deja respirar. Ahora no. No es el momento. No, Dios mío.

Despierta en su cama. Su mujer se levanta de un salto, pero él vuelve a cerrar los ojos.

—¿Juan?

No contesta, no quiere hablar. Quiere primero entender qué está pasando, qué ha sucedido. Como siempre, ser dueño de la situación.

Siente la mano de Lolita sobre su mano. Está muy tibia y es suave. Se deja acariciar. Es bueno sentir una piel con otra temperatura.

—¿Juan?

—¿Qué piensas de los sueños? —murmura sin abrir los ojos.

—Juan, el doctor dice que usted va a estar bien, que es un hombre muy fuerte, que no tiene por qué preocuparse.

La voz de su mujer se quiebra como un plato, se hace más débil hasta desaparecer. Lo sabe, lo sabe. El invierno va a terminar pronto. Quizá la primavera. No, ahora no.

—¿Me ha buscado *monsieur* Zola?

—No, Juan.

—¿No he recibido alguna carta? ¿Una nota?

—No.

XVI

Dolores los ve marcharse. Parten los hombres de hablar extraño, la abandonan y no le importa. Esa desazón que alguna vez existió dentro de ella, ese miedo, se han ido muy lejos, junto con el poco razonar. El diablo se ha quedado perdido en su memoria y solo le alcanzan oleadas de viento fogoso que, cada vez más esporádicas, le sacuden el alma.

Después de que había muerto su madre, los dos hermanos se dedicaron a dar cuenta de lo poco que quedaba. Arrancaron cortinas, quebraron las vajillas, enterraron la plata, mataron hasta el último animal y luego, sobre su cama, siempre sobre su cama, se dedicaron a comer y a vivir en fornicio. Amanecían adoloridos. Sus pieles llenas de moretones, de heridas que se infectaban en ese calor agobiante y supuraban haciendo imposible poner algo encima que no fuera la lengua. Una noche, Dolores casi le descuajó el labio a su hermano. En otra, él, mientras la penetraba, le había mordisqueado el lóbulo de la oreja hasta que este quedó colgando, solo unido por un pedazo de pellejo. Y el llanto se confundía con las carcajadas, igual que el techo con el piso y el día con la noche. En el día los hermanos andaban cada quien por su lado, desguarnecidos, buscando lo que fuera para meterse a la boca. En la noche, sin ponerse de acuerdo, subían la escalera en silencio, haciendo crujir la madera que parecía a punto de ceder, y

159

se encerraban en esa habitación que cada vez era más húmeda, más
sofocante.

—Esto es el amor —le dijo Efrén. Y ella lo había creído.

Pero una noche…

Esa noche, esa escena de la noche. Lo primero que ha leído Juan de esa novela. Ahí podía comenzar la novela, no ha sido un error. Comenzar a leer a partir de esa página ha sido lo correcto, está convencido. ¿Por qué enviarle a él esta novela junto con la carta? ¿Por qué aparece traicionando a Guerrero? ¿Cuál es el mensaje? Eso no es justo, porque no es cierto, porque… Ernestito le ha dicho que todos los mexicanos avecindados en París han recibido un ejemplar. ¿También una carta? No hay que hacerse nudos en la cabeza. La novela casi destruida puede llegar a apasionar, pero la carta… No solo por él, por todos esos personajes que él conoce. La novela le gusta, la carta lo apasiona, lo renueva, le da vida. Leer y escribir al mismo tiempo, un trabajo ocioso. Escribir y actuar. Vivir dentro de un libro. Es cierto, eso es, porque sin importar lo que suceda, él aparecerá en los libros de Historia. En las novelas solo hay que encontrarse entre las letras, entre cada uno de los personajes, y cuando se encuentra, dejarse llevar. En la vida real hay que actuar, eso es todo. Juan no solo se mira cuando lo nombran, se mira en Efrén, en Arturo, en Dolores. Pero lo más importante es que se vuelve a mirar como alguien que puede cambiar la historia. No solo comienza aquí la vida misma, la que uno piensa que es.

Juan voltea hacia la ventana del vecino. Nadie. Alguien lo mira o lo lee, alguien lo está escribiendo, lo lee como a los personajes de este libro. Mejor no hacer caso a tanta elucubración. Esperar el aviso y seguir las corazonadas. Dios, omnipotente, no puede responder todas sus preguntas.

Dolores había percibido la voz de Dios, primero muy lejana, luego más cerca, cada vez más. Un campaneo constante dentro de su cabeza durante todo el día había logrado que el techo volviera a su lugar; también el suelo, el día, la noche, la vergüenza y la culpa. Entonces Dolores lo discernió, intuyó el porqué de muchas cosas que le estaban sucediendo. Y cerró las piernas, y se alejó de su hermano. Efrén no lo entendió, ella era lo único, no podía abandonarlo, no podían cambiar las cosas así de pronto.

—Somos los hermanos perfectos, ¿lo recuerdas? ¿Por qué ahora me haces esto? Habla, dime. Porque yo te necesito, me siento como si me quitaran la sombra.

Dolores guardaba silencio, se alejaba de su hermano como si se alejara en una barca de ese puerto que alguna vez fue su lugar, el único. Pero no sentía nada, no había nostalgia ni dolor, sino solo paz, algo que no tenía remedio. El mar se la llevaba y ella aceptaba los nuevos rumbos.

Efrén trataba de convencerla. Eran hermanos, pero también eran marido y mujer.

—Recuerda que nuestra madre nos casó. Recuerda que somos lo que queda de una estirpe, que debemos estar juntos —decía lloroso—. Si quieres, nos podemos ir a vivir a Chilpancingo, a Cuernavaca, a la Ciudad de México. Puedo vender lo que nos queda y…

Pero Dolores guardaba silencio, lejana, santificada, pura. Una noche volvieron los gritos y las risas, los golpes, pero ya sin la aceptación de la hermana. Y Efrén y ella aprendieron lo que era el sufrimiento de

161

estar con quien más aborrecían, con quien más necesitaban. Aprendieron en pocos meses lo que otras parejas llegaban a aprender con los años.

Las lluvias volvieron nuevamente y Dolores, sentada en la cama, frente a la ventana, acariciando su vientre, por fin se había decidido. Se atavió con el vestido viejo, el mismo con que se habían casado su madre y ella, y salió de la alcoba. Antes de cerrar la puerta se quedó un momento recargada en el marco, observando a Efrén, quien parecía tener las mismas pesadillas de todas las noches. Hablaba cosas inconexas, torcía su rostro, movía sus manos, abría la boca y hacía rechinar los dientes. Lo único que logró entender Dolores fue la palabra de siempre: papá. Cerró con sigilo y caminó por el pasillo. Una extraña luz se apoderó de ella. Y por un momento, antes de bajar la escalera, sintió un amor puro y triste por ese hombre que luchaba con sus pesadillas, un amor por todos los hombres.

Don Manuel ha recibido la buena nueva con gran júbilo. En el momento en que lo carga por primera vez, siente lo que en contadas ocasiones ha sentido: temor de poder hacer daño a algo valioso. Con gran cuidado, como si fuera una pieza de porcelana, ha tomado ese pequeño cuerpo y lo ha acercado a él. Ese olor tan peculiar, su temperatura, el que tan poco pese y el cómo se mueve han dejado al padre tieso, boquiabierto, mientras su esposa y la nana se ríen por lo bajo.

—Mi heredero —dice emocionado. Se lo entrega a su esposa en un santiamén y no lo vuelve a cargar nunca.

A los cuatro años, Efrén tiene dos saquitos irlandeses que le ha regalado Manuel, atuendo importado de España que nunca usa ni usará en esa finca calurosa y sucia, y una nana y dos sirvientes que no lo dejan ni a sol ni a sombra. Manuel regresa de sus recorridos de la hacienda y el niño corre sonriente a sus brazos. Se sienta en las piernas

162

de Manuel y, mientras toma traguitos de vino que su padre le da de su copa, escucha sin entender un viejo libro incomprensible de una monja. El niño aprende rápido a montar y, en su minúsculo caballo, acompaña a su padre en las visitas a la finca. En una ocasión llegan hasta el río. Don Manuel se baja del caballo y desmonta al niño.

—¿Quieres bañarte? —le pregunta.

—Sí —contesta.

Y los dos se desvisten y se zambullen en las corrientes mansas. Efrén abraza a su papá y siente un calor extraño en su panza al contacto con la piel peluda de aquel hombre.

Esos paseos se hacen parte de la rutina. El niño regresa hambriento y, después de un rico tentempié, comienza, exaltado, con sus clases.

En la noche, Manuel, al terminar de cenar, toma un oporto y deja a Mercedes cosiendo. Sube al cuarto de su hijo, quien, como si supiera que subirá a verlo, lo espera despierto, sentado en la cama. Se abrazan y Manuel le cuenta historias de cuando era niño. Muchas son inventos que se mezclan con aquella realidad tan precaria en la que había vivido. Le cuenta de los osos que a veces aparecían por el poblado asturiano, de los delfines que seguían al barco cuando zarpó de España. Y también le cuenta de dragones, de sirenas de grandes tetas y de una niña de ojos verdes de la que se había enamorado cuando iba a tomar clases con el cura del Conventín. Le cuenta de Mercedes, de cuando la conoció y de que había sido una princesa. Sus historias las gozan los dos, y muchas veces Manuel se queda dormido abrazado al pequeño.

Una mañana, Efrén se levanta y, sin que se dé cuenta la nana, sale de la casa grande rumbo a las caballerizas. Apenas está clareando y siente en su piel ese vientecillo fresco que ya presagia el calor que vendrá más tarde. Al llegar ve la puerta entornada y la abre. Escucha ruidos y siente miedo, pero camina por el pasillo. Al llegar al fondo da la vuelta y encuentra a Manuel, encuerado de la cintura para abajo, abrazando a uno de los caporales; un muchachito pardo y tilico quien, también desnudo, de espaldas y con los ojos muy abiertos, se queja. Ellos no se dan cuenta de su apersono y el niño no hace ningún ruido. Al poco rato Manuel emite un quejido largo y se aleja del muchacho. Efrén no le quita la vista a su padre, quien se limpia con la camisa del sirviente con gran presteza y se sube los pantalones. Efrén se agacha para que no lo vea Manuel que, sin decir nada, sale caminando muy rápido. El muchacho se viste con calma y sonríe.

Desde esa mañana Efrén no quiere volver a bañarse con su padre en el río, y poco a poco dejan de salir juntos a recorrer la finca.

Cuando nace Dolores, Manuel y su hijo, como por arte de un maleficio, se han vuelto dos extraños. Entonces, el cariño de Manuel se desvía hacia esa chiquita. Manuel se siente dolido por el repudio de su hijo, no entiende qué pasa, pero levanta los hombros y sigue con su vida.

—Está chípil —le dicen las nanas.

Pero no, es algo más, algo que hiere y divide ese amor que tanto se tenían. Como si, de pronto, la lengua en la que tan bien se comunicaban, la hubieran olvidado los dos. Y eso precisamente es el problema, Manuel piensa que Efrén es el culpable de que lo hubieran olvidado. Y Efrén solo enmudece...

NOTAS APARTE

Diose la voz de fuego, y el hombre
más extraordinario que había producido
la revolución de Nueva España cayó
atravesado por la espalda de cuatro balas,
pero moviéndose todavía y quejándose,
se le dispararon otras cuatro,
que acabaron de extinguir lo que
le quedaba de vida.

Lucas Alamán

Cuentan que en 1865 los restos del Siervo de la Patria, los cuales había pedido el emperador Maximiliano que se extrayeran de la catedral junto con los de los demás próceres y se colocaran en una urna en el Palacio Municipal, entre ofrendas florales, fueron extraídos por su hijo, el general Almonte, quien en ese momento fungía como Gran Chambelán de la corte y quien, cuentan, organizó la ceremonia. Cuentan que el mismísimo arzobispo don Clemente de Jesús Munguía lo supo y se lo reprochó a Almonte, y que Agustín Jacinto Pallares, quien estuvo al lado del general Almonte a la hora de su muerte, tuvo oportunidad de observar cómo los restos del prócer eran colocados en la misma fosa en *Père Lachaise*.

Cuentan que cuando Juan N. Almonte salió de México rumbo a Francia en 1866, con la misión de convencer a Napoleón III de no retirar sus tropas de México, se llevó con él los restos de su padre. Y cuentan que un grupo de masones lo visitaron para pedirle que los dejara sepultarlo en México, pero se negó rotundamente. Cuentan que entonces Almonte compró una propiedad en Père Lachaise, que esa propiedad permaneció vacía hasta que murió Almonte, y que ahí mismo depositaron los restos de Morelos. Cuentan que Juárez interceptó una carta donde el general Almonte escribió lo siguiente: «Se depositó aquí al gran hombre, con el único santo y seña de una cruz atravesada por la M de María que representa al padre y la madre. En la discreción estará la seguridad, dos niveles abajo y a la derecha lo encontrarán, no esperen obviedad en la cuestión». Y cuentan que cuando exhumaron los restos del general Almonte, quien permanecía impoluto, descansando su cabeza sobre un cojín de terciopelo rojo, con su uniforme de mariscal del Imperio, su espada, sus botas negras, con bastante cabello y un ojo abierto y con las manos en oración, solo hallaron junto a él los restos de una niña, pero del general José María Morelos y Pavón no hallaron ni un cabello. Y otros cuentan que los restos del gran caudillo fueron depositados en el templo de la Profesa, en la Ciudad de México, y que, por eso, ahí se celebraban a escondidas misas de cuerpo presente. Y otros más cuentan que Almonte anduvo por Carácuaro una semana después de que exhumaron los restos de su padre, y que quizá estos descansan en el antiguo cementerio, en una tumba olvidada, junto con los de su mujer, Brígida Almonte.

XVII

Dolores apenas mira al barco alejarse y regresa sola y sonriente a las cabañas. Los pescadores la reciben alegres. Está loca, lo saben desde que llegaron los extranjeros que se aprovecharon de ella. Y la quieren, pobrecita. Después de todo, los locos están más cerca de Dios.

Dolores se sienta a observar cómo las mujeres reparan las redes, suspira y se alisa la falda sucia y rota.

—Yo puedo —dice de pronto.

—¿Crees tú? —le pregunta la más vieja de las seis mujeres.

—Sí —dice—, yo bordaba muy lindo cuando era pequeña, la nana Hortensia le decía a mi mamá que nunca había visto un punto de cruz tan impecable.

—Pero esto no es un punto de cruz —dice la vieja y todas las mujeres empiezan a reír. Dolores también empieza a reír, vacía, demasiado leve, como deben estar conformados los ángeles.

Mercedes nunca ha cogido ni un hilo y ni una aguja. Dolores observa cómo su nana, sobre su aro de madera, va bordando casitas, castillos y ramos de flores. Cuando se viene abajo la hacienda y ya nadie borda ni lee, Mercedes le cuenta a Dolores y a los pájaros de las fiestas, los aplausos, los amantes y todo lo que ha dejado en España. Ha vivido feliz en la finca, y aunque extraña la vida de artista en la ciudad peninsular, poco a poco ha ido olvidándola, queriendo creer que

167

realmente nunca ha existido ese otro mundo. Es lo mejor para no tener tentaciones, ni malhumor, ni melancolía. Manuel, en la cama, es el mejor, siempre lo ha sido y lo sigue siendo. No tiene nada que decir, aunque al salir de la alcoba se convierta en el hacendado malhumorado y gritón, recto, firme, callado, religioso y grosero. Al salir de la cama ya no existe el amante que le hace gritar y poner los ojos en blanco. Es como si se convirtiera en otra persona. Y se ha ido acostumbrando a eso, a la vida de esposa, después de todo no es tan terrible, no les falta nada. Los libros y las vestimentas, los jamones y los dulces, los tintos y los oportos llegan puntualmente para no dejar nunca desabastecida la despensa. Manuel está mucho tiempo fuera y, mientras tanto, ella es la dueña y señora de su castillo.

Hasta que, después de muchos años de tranquilidad, de ver crecer a los hijos, así como su abdomen y su papada, de ver caer sus párpados y sus pechos, comenzaron los rumores, las noticias de que el mundo en que vivían se estaba derrumbando. Napoleón había invadido España y derrocado al Borbón, nombrando como regente a su hermano Pepe Botella. Numerosos nobles habían sido encarcelados, otros habían huido hacia las colonias y en estas, precisamente, se empezaba a hablar de independencia. Sobre todo entre los criollos y los mestizos del centro de la República. Y aunque en la finca había puro negro y puro indio, estos también empezaban a mirar de frente a los patrones, a no bajar los ojos. Hacía poco que una de las sirvientas había roto un tibor de talavera que la marquesa de Sierra Nevada les había mandado de regalo desde Orizaba.

—Eres una bruta —había gritado Mercedes, tomando un fuste y queriendo pegarle.

La mujer le había detenido la mano, en silencio y con gran sosiego. Le había echado una ojeada, de tal forma que Mercedes había bajado la mano y dado media vuelta. No quiso contarle a Manuel, ya tenía bastantes problemas como para escuchar este tipo de trifulcas domésticas, pero este incidente se le había quedado marcado. Después, nada había vuelto a ser como antes. Empezaron a desaparecer juguetes de los niños, vestidos, alhajas, cubiertos de plata, animales y hasta un crucifijo filipino de marfil que estaba colgado en la capilla.

Por su parte, Manuel había azotado y luego despedido al capataz de la finca, cuando se enteró que andaba en conciliábulos con otros criollos y mestizos igual que él.

—Aparte de todo, pendejos —gritaba Manuel—, ni siquiera entienden lo que transcurre.

Manuel se ausentaba varios días para hablar con sus vecinos, o bien, llegaban los finqueros a pasarse varias jornadas para hablar de la situación, buscar soluciones y terminar casi siempre borrachos. El miedo, como si fuera un viento maligno, empezó a correr por toda la finca. Uno lo podía hallar en los pasillos enormes, en la terraza, en las bodegas, en el trapiche, en las caballerizas o en las habitaciones. Y ese miedo hacía que la mudez se adueñara del mundo y, junto con el silencio, el demonio se le empezara a apersonar ante Mercedes.

Una vez fue en el espejo mientras me peinaba, las llamas invadieron mi espalda y había salido corriendo a los puros gritos. Otra, dentro de mi cama, haciéndose pasar por mi marido, pero sin poder esconder las espaldas peludas y rojizas. Como nunca empecé a rezar a diario en la capilla y a vestirme de negro. Mis nervios se me tensaban cada vez más y, en cualquier momento, temía, podrían troncharse sin remedio.

Y se rompieron, como las redes que muchos años después, a diario, reparaba Dolores. La diferencia fue que los nervios de Mercedes no se pudieron remendar nunca más.

XVIII

Una tarde, mientras esperábamos entrar al teatro y mirábamos cómo el sol se iba perdiendo e iba dejando un tono violeta en el cielo, hablamos de la soledad. Yo le nombré a Schopenhauer y él me confesó que nunca lo había leído. «Los hombres vulgares han inventado la vida de sociedad porque les es más fácil soportar a los otros que soportarse a sí mismos», dije tratando de sonar irónico. Él se quedó un momento en silencio y me dijo que coincidía con lo que había escrito ese hombre. También me dijo que él siempre había estado solo, y que la soledad acompañada es la más cómoda. Tengo más de treinta años de vivir con mi esposa y me siento muy solo. Me miró como para saber qué pensaba de esa frase y luego sonrió. La soledad puede ser terrible cuando viene acompañada del miedo o de la pobreza, continuó diciendo. La noche se iba adueñando de la calle y las luces de Londres comenzaban a encenderse. Yo nací en un mundo más oscuro, dijo. A los once años llegué a estudiar en un colegio jesuita en Nuevo Orleans, no sabía una gota de inglés, pero aprendí rápido, es un idioma hermoso. Entonces, aunque estaba solo, no me sentía solo. Vivía en ese colegio y mi tutor me visitaba los fines de semana. Él me traía noticias de México. Recuerdo que mi compañero de cuarto,

171

un muchacho cubano, hijo de españoles, era muy rico y se iba los fines de semana a casa de una tía que vivía en un pueblo cercano, entonces yo me quedaba solo en ese cuarto y me sentía más libre. Algunas veces los hermanos nos llevaban de paseo al puerto. Ahí nos sentábamos a ver atracar a los grandes barcos; había gente de todos colores, los idiomas se confundían creando un griterío como de loros. Aquí casi no hay pájaros, dijo, y eso hace que una ciudad sea triste. Donde yo nací había muchos loros y zanates, y ruiseñores y calandrias, y todos los pájaros que usted se pueda imaginar. En Nueva Orleans también veíamos mancharse el cielo de blanco al atardecer. Eran garzas que luego manchaban los árboles como si fueran frutos. Sí, entonces no me sentía solo, hasta esa tarde en que llegó el señor Herrera y me leyó la carta de mi padre. No lloré frente a él, siempre he sido muy fuerte. Pero ya solo en la habitación lloré, y no lloré por la muerte de mi padre que se avecinaba, sino por mi vida. Pude estar en el colegio un año todavía, hasta que se acabó el dinero y no hubo nadie que me enviara algo. Nadie se acordaba de mí, y quién se iba a acordar si andaban en guerra. Entonces sí me sentí solo, porque tenía miedo. Viví en un cuarto cerca del barrio francés, llegué a pensar en embarcarme para Europa, pero no quería alejarme tanto de México. Tenía esperanzas de que las cosas cambiaran, dijo. Llegaban pocas noticias de la guerra y yo esperaba. Entré a trabajar a una tienda de productos de ultramar, el dueño era un irlandés borracho que poco a poco fue dejando en mis manos la administración. Empecé a ganar más dinero y el miedo se fue alejando, y la soledad con él. Viví unos meses con una mujer mayor que yo y luego la dejé por otra más joven que me hizo dilapidar parte de mis ahorros. Orleans no era la ciudad adecuada para hacer fortuna, había muchas tentaciones. El inglés lo hablaba perfectamente y comencé a aprender francés, había mucha gente con quién practicarlo, dijo hablando entonces en francés. Y así se pasó el tiempo, hasta que recibí la noticia, México era un país independiente. Mi padre, en paz descanse, se había convertido en un héroe y su hijo podía regresar cuando quisiera. Compré un boleto de segunda clase y me embarqué rumbo a México. Llegué a Veracruz a finales de 1821 y comenzó otra vida y otra clase de soledad. Esa noche perdimos la oportunidad de ver el Eduardo II de Marlowe y nos fuimos a cenar a un lugar de moda, donde el bullicio de la gente nos sacó un poco del estado de melancolía al que nos había llevado la plática. Me gusta cómo huelen las mujeres, dijo el general y luego continuamos hablando de lo mismo.

XIX

La vida para Dolores se ha vuelto un abrir y cerrar los ojos, coser y esperar a los pescadores. Cada mañana, junto con todas las mujeres, jala las redes hacia la orilla y empieza a cantar, mientras trata de sacar los pescados de entre los tejidos. Todos empiezan a querer a esa mujer que se comporta como niña, que canta canciones muy raras. Todo es motivo de alegría para ella: la salida del sol, la luna, la hormiga, la gaviota, el niño panzón y el cangrejo. Hasta que lo ve llegar.

No falta mucho. Unas páginas y la carta no llega. Podría ir a buscar a su vecino. La angustia aumenta. Se levanta. Ha llegado *monsieur* Delacroix. Olor a vainilla y a madera. Un hombre de puntiagudos bigotes se sienta frente a él.

—¿Un coñac, *monsieur*?

—No, no, general, muchas gracias. Tengo mucho trabajo, no se imagina usted, toda la gente en París ha decidido confeccionarse un traje.

—Pues entonces comencemos —dice Juan sirviéndose una copa.

El hombre con gran rapidez saca la cinta, la libreta y el lápiz. Mientras hablan de gente importante, de enredos, de tragedias, de crímenes, mide el brazo, el hombro, la cintura, el pecho de Juan.

175

—Todo igual, general, no ha cambiado nada. ¿Quiere las nuevas solapas que se han puesto de moda? Son un poco más anchas y las telas vienen ahora…

—No, *monsieur* Delacroix, dos trajes igual que los anteriores.

—Pero, general, ya nadie usa la solapa tan agosta, y si usted va a ir al baile que Sus Majestades darán por la inauguración del…

—Dos trajes negros.

—¿Negros?

—Negros. Uno es para mi funeral, así que dese prisa.

El sastre trata de reír, pero le sale un ruido extraño de la garganta.

—¿Cómo dice eso?, general, usted va a vivir muchos años —dice mientras guarda sus instrumentos y luego hace una reverencia.

—*Monsieur* —dice Juan y el hombre se detiene en la puerta—, ¿conoce usted al novelista Émile Zola?

—No, general, nunca lo había escuchado.

—Pues pronto lo va a conocer, ya verá. Es mi vecino.

El hombre levanta las cejas y sonríe interrogante.

—Olvídelo, *monsieur* Delacroix. Por cierto, ¿sigue usted vistiendo al Emperador?

—*Of course*, general —contesta el sastre levantando los hombros.

—¿Cómo está de salud?

—Como un roble, general, y como usted, con la misma talla de hace diez años.

Espera a que cerrara la puerta y suspira. Está decidido, irá a buscar al escritorcillo ese.

Su padre sonríe. Su padre está en un cofre. ¿Pueden sonreír los restos de un hombre? Un hombre vivo aún, más que muchos. Sentido figurado, eso es todo. Los muertos pueden vivir a veces más que los vivos. Qué paradoja. Un cadáver hueco, cuántos viejos viven colgados de un clavo como antiguos abrigos, arrugados y huecos, sin alma, porque el alma no permanece. El alma, como todos los gases volátiles, se va haciendo cada vez más pequeña. El alma no es un gas, sino un ser divino.

Esa es la ventana, la de siempre. No está su vecino. Desde cuándo. Su vecino terminó su novela. Estará festejando. Su vecino lo engañó, se burló de él. Su casa está abandonada. Uno nunca quiere ver casas abandonadas, pero así sucede. Las casas abandonadas entristecen, y más a los viejos. ¿A dónde estará?, ¿una mujer?, ¿un nuevo proyecto? El golpe de estado en México. Un hombre misterioso. No sabe de qué vive, sus libros no se venden en ningún lado. Quizá en algún periódico, nunca se lo ha dicho. Vivir la vida de los demás, eso no es sano. Una medicina que al momento alivia pero luego hace más daño. Vacío en el estómago, jaquecas. Pero si hay cortinas debe aún vivir ahí. Tanta paranoia. A menos que las cortinas fueran del casero. Imposible. Juan conoció las cortinas en Nueva Orleans. Antes, nunca había visto una cortina. En el pueblo, en casa de su padre, había maderas, solamente. Un dolor, solo para saberse vivo.

1835, treinta y cuatro años cumplidos. Había acompañado al general Santa Anna a Texas. Debían calmar a aquellos rebeldes. Revolución abierta, independencia. Los texanos no eran de fiar, porque no pertenecían ni a Estados Unidos ni a México. Eran la escoria, aunque a esa escoria la apoyaba el gobierno norteamericano. Un camino largo: desiertos, rocas, granizo, hordas de apaches, agua turbia, zopilotes. Cuando llegaron a San Antonio de Béjar, el general P de Cos ya había capitulado. Será una campaña difícil, le había dicho el general Santa Anna. Antes de llegar a Texas habían organizado un ejército en Saltillo, ocho mil hombres, pero el general Santa Anna se había enfermado y Juan había tenido que terminar de organizar el ejército.

Una marcha lenta por aquella superficie plana, infecunda, llana. La fila de carretas, tiradas por bueyes, se perdía en el horizonte y él, sobre su alazán, recorría de un lado a otro la caravana. Los zopilotes los seguían desde el cielo, esperando que alguna bestia o un cristiano se desplomaran para hacer su trabajo de limpieza.

Un viaje largo, a donde nadie sabía. La gente que recogían en el camino les contaba dónde estaba el siguiente pueblo, y así. Pocas pérdidas. Algunos muchachos que no habían aguantado el sol del desierto o habían tomado agua de los charcos y soltado todo el vientre sobre la arena, hasta quedar como cueros viejos.

Los texanos eran rubios y fornidos. Sus mujeres, rubias y asustadas. Los texanos huyeron al verlos. Abandonaban sus casas, sus ranchos, y corrían en sus carretas llevando lo que pudieran. Todos hacia El Álamo. Una fortaleza bien equipada, con dieciocho cañones de buen calibre y seiscientos hombres bien pertrechados. N. Travis estaba a cargo de la plaza. Esperaba pronto la llegada de dos mil hombres comandados por el general Samuel Houston, el Cheroqui. En una carta que lograron interceptar los mexicanos, y que Juan tradujo, decía: «Ánimo y sostenerse a todo trance, pues yo camino en su auxilio con dos mil hermosos hombres y ocho cañones bien servidos». Y cuando terminó de traducir, la gente había soltado la carcajada. El general Santa Anna dijo: Pues nuestros paisanos no serán muy guapos, pero son huevudos.

Ante todo, la caballerosidad. Santa Anna mandó a Juan a las puertas del fuerte. La bandera blanca y su hermoso azabache. Levantó la mano en son de paz. Si los texanos se rendían no habría represalias y podrían regresar por dónde venían, protegidos como ciudadanos mexicanos. Se abrieron las puertas y cruzó a caballo a las huestes texanas. Formación perfecta, los soldados limpios y perfectamente alineados, la pulcritud del lugar, el silencio. Un hombre muy alto, joven y bien parecido lo escuchó en silencio. N. Travis. Cuando Juan terminó, se acercó aquel hombre que olía a sándalo y cuero, y que vestía como si fuera a entrar a una recepción en Buckingham: Habla usted muy bien inglés, pero lo habla como inglés, no como norteamericano. Estudié en Nueva Orleans. Nueva Orleans no es Texas, y ahí se habla más el francés. Había regresado con la negativa, así que ese mismo día atacaron, no podían esperar a que llegaran los refuerzos, había que tomar el fuerte lo antes posible.

La madrugada del 6 de marzo, cuatro columnas al mando de distintos jefes, entre ellos el general Juan Nepomuceno Almonte. El asalto a la fortaleza. Cavar trincheras, tomar espacios cada vez más cercanos a las murallas. Bombardeo continuo, escaramuzas. Había que desgastar a los sitiados. Las cuatro columnas atacaron. Cuatro puntos cardinales, cuatro frentes.

Fue un asalto, fueron dos. Nadie se pone de acuerdo. Por fin los muros cedieron. Comenzó la refriega cuerpo a cuerpo, los texanos no se amilanaban y los mexicanos menos. La diferencia era que los texanos morían a puños y los mexicanos no. La batalla duró cuatro horas. Brígido Guerrero y Henry Warnell fueron los únicos sobrevivientes, pero porque andaban fuera. Dentro del fuerte no quedó un alma texana. El que no murió en batalla fue rematado. Toque a degüello, había ordenado Santa Anna. Setenta hombres perdió el ejército mexicano, trescientos los texanos. Esa madrugada, Juan volvió a entrar a la fortaleza, por la misma puerta por donde antes había ofrecido la paz. Lo único que se escuchaba eran los cascos de su caballo, seguidos a lo lejos de otros cascos. Olor a pólvora y a sangre. Los cadáveres se amontonaban junto a los muros, bajo los tejabanes. Los edificios silenciosos, muertos. Algunos zopilotes empezaban a bajar en círculos, sus alas se escuchaban, lo mismo que sus picos. El infierno. Muros caídos, piernas, brazos, cabezas y mucha sangre. Los gritos eran solo ecos pasados. Juan había llorado, el general Santa Anna también.

XX

¿Cuánto tiempo? Los viejos ya no tienen paciencia. Los niños tampoco. Horas, días o meses. Uno es el tiempo real y otro el de los libros. Pocas páginas. ¿Hay algo más trascendental que terminar un libro? Y con ello se termina algo más importante. A diario se termina algo importante en la vida del hombre, de las ciudades, de los países, de los imperios. Cuando lo termine irá a tocar a la puerta de Zola. Ha esperado lo suficiente. Come y se encierra en la biblioteca. El sillón mullido, el coñac. Los libros. Una celda de un monasterio, el *scriptorum* donde todos los monjes escriben en silencio. Pasillos helados, ayunos. La biblioteca es más cómoda. La casa de Dios es cualquiera. Las casas son para que las habiten los hombres; los monasterios, Dios. Los monjes transitan a ratos, toman sus alimentos, y luego vuelven a la celda. Madriguera, refugio, hogar. El coñac, dorado viejo, el calor del fuego.

La sonrisa, que se ha vuelto costumbre en ese rostro, ha desaparecido. Hay un hombre muy delgado, sucio, quien, inmóvil frente a ella, la mira sin parpadear.
—¿Dolores?
Ella lo observa frunciendo el ceño. No habla.
—¿Te acuerdas de mí?

Niega con la cabeza y voltea con brusquedad, como buscando a alguien o a algo en el mar.

—*Soy Efrén, tu hermano, ¿me recuerdas?*

—*No* —*contesta*—, *yo no tengo hermanos.*

—*Nuestra madre se llamaba Mercedes, ¿te acuerdas? Ella nos cantaba canciones y te peinaba.*

—*No, no recuerdo.*

—*Ella nos casó.*

—*¿Quién?*

—*Nuestra madre, quien llegó de España, quien conoció a la condesa de Montijo y al barón Von Humboldt.*

Dolores cierra los ojos, toma aire.

—*Mi madre conoció al barón Von Humboldt* —*repite y luego se queda callada, como si tuviera que memorizar lo que escucha.*

Efrén cuenta una historia, pero Dolores escucha otra. Es una historia de una actriz española de medio pelo que huyó de España hacia las Indias. Existe un varón hermoso y rico, que va a comenzar un viaje de exploración. Un científico francés llamado Aimé Bonpland es quien lo acompaña, no habla español, pero sabe muy bien jugar con las manos debajo de la mesa.

Beben vino y comen tapas en esa taberna. Ríen de buena gana, mientras alguien entona coplas de moda acompañado de una guitarra. Los extranjeros se interesan por todo, por el tipo de vino, por la forma de vestir de los parroquianos, por los armatostes de la cocina. Por quien no parecen interesarse mucho es por ella. Entonces ¿para qué la invitaron a compartir su mesa?

—*Eres muy hermosa* —*le dice Von Humboldt y casi la hace desmayar. Luego le guiña el ojo a Bonpland, pensando que ella no lo ve, mientras sus manos blancas y grandes juegan con un trozo de pan.*

Muchos dicen que son amantes, los dos hombres, pero Mercedes no lo cree. Ese alemán de casi dos metros de estatura, con esa barba tan rubia y esas piernas como tronco de árbol, no, no lo cree. Y ese otro hombre tan varonil, de voz ronca.

La noche pasa en largos monólogos del barón sobre los continentes, los volcanes, la fauna, las especies de aves, de peces. Habla de coordenadas y de latitudes. El francés está callado y solo interviene cuando el barón cambia de idioma y habla en francés. Entonces ella no entiende ni jota, pero siente la mano firme sobre su pierna.

—¿Les gusta bailar? —pregunta inocente.

El barón la mira como si estuviera observando una nueva especie de árbol o de lagartija, y guarda silencio.

—Bueno, pero no todo es investigación, ¿verdad? —dice ella, tratando de buscar una excusa, pero los dos hombres empiezan a hablar en francés y ella mejor se calla.

Entonces los dos sueltan la carcajada.

—Claro que me gusta bailar —dice Alexander, quien le ha pedido a Mercedes que le hable así, de tú. Que rompa el turrón, como le dijeron en Madrid que se dice.

—Entonces estuviste en Madrid, ¿verdad?

—Sí, varias semanas.

—Nos podríamos haber conocido si hubieras ido al teatro.

Alexander le traduce al amigo y vuelven a reír con gran estrépito.

—No tuve tiempo, el rey nos mantenía casi prisioneros.

—El rey —dice Mercedes y entonces se da cuenta de con quién está sentada—, ¿y para qué?, quizá estarían más cómodos con un muchachito del puerto. Solo dos hombres a los que no les gustan las mujeres pueden ignorar a una como yo. Pero ¿y esta mano? —para salir de dudas, accede a acompañarlos a la corbeta, en donde zarparán hacia el

nuevo mundo al día siguiente. Finge gran interés por los instrumentos de medición que, dicen, llevan para su viaje de exploración. Y ellos acceden a enseñárselos.

Los tres están borrachos por el vino del norte, salen a la calle riendo y trastabillando un poco. La noche está fría, el viento del Cantábrico ruge con fuerza y una llovizna les humedece los sombreros. Campanas muy tristes suenan a lo lejos.

Tres extraños llegan a la corbeta Pizarro y pagan unas monedas a quien la cuida, para que deje subir a aquella mujer hermosa que trata de cubrirse el rostro con un chal de muselina.

El camarote es muy pequeño y los dos hombres ríen y hablan, mientras desempacan esos extraños instrumentos. Mercedes los mira. Dos muchachos locos, piensa con el estómago fruncido.

Entonces, sin que ella entienda de qué se trata, los dos parecen llegar a un acuerdo. Aimé se le acerca y la abraza, la besa sin dejar que se resista. Ella logra zafarse y mira al barón, veintiocho años quizá, quien, tirado sobre el camastro, con la camisa abierta que deja ver su pecho cubierto de dorados vellos, los mira divertido.

¿A los barones hermosos les gusta observar a sus amigos hacer el amor? Mercedes no deja de mirarlo, mientras se deja desnudar por el francés. Todo es un gran desperdicio, piensa, mientras es montada por Aimé, quien va poco a poco descubriéndose como el gran amante. La muerte llega. Mercedes está cansada, plena, satisfecha, y cierra los ojos. Entonces sueña que los hombres se besan como dos hermosos y enamorados amantes. Sueña que el barón se desnuda lentamente y deja ver su cuerpo de dios nórdico sobre la cama, mientras sostiene un gran cetro dorado. Sueña que los dos hombres se funden en uno solo: dos cabezas, cuatro piernas, dos ombligos y cuatro pies. Los sueños son tan maravillosos que se pueden o no creer, según nuestra conveniencia.

Efrén sigue hablando, Dolores no lo escucha, ella escucha esa otra historia. Los dos viven sus historias y el mar vive la suya.

Según Efrén, Mercedes viajó escondida en la corbeta de guerra, con sus dos amigos hasta Gran Canaria, donde desembarcó y tomó otro barco a Veracruz, después de despedirse llorosa de tan grata compañía. Según Dolores, Mercedes escaló con esos dos hombres el monte Teifel, desembarcó en Cumaná, los acompañó a las fuentes del Orinoco, a La Habana, Panamá, Guayaquil, Callao y Valparaíso. Y llegó a México del brazo de Bonpland y Von Humboldt, aceptando ser, solamente, la amante del amante del hermoso barón y con un hijo en el vientre…

—¿Te vas conmigo? —le pregunta Efrén a Dolores, quien ya le sonríe como lo hacía antes de separarse.

Ella lo mira y niega con la cabeza. La sonrisa no desaparece ya.

—Por favor, somos hermanos, los únicos. Dolores, por favor.

Ella lo sigue mirando, lejana, y vuelve a negar con la cabeza. Luego, toma un puño de arena y se lo ofrece. Él pone la mano abierta y ella vierte los gránulos blanquísimos, poco a poco, poco a poco. Después, suspirando, le dice:

—Nuestro hijo nació muerto.

La primavera por llegar. En México las estaciones se diluyen entre ellas, no se marcan los cambios como en Europa. En México los cambios de estación no minan el alma, no la dejan débil, agrietada, a punto de derrumbarse, como aquí. Es la impaciencia, pero no se lo quiere confesar a sí mismo. Hay un tumulto de voces agrupadas en su garganta, son vagas y muy emotivas, voces y olores que no puede describir. Los batallones marchando bien alineados. La caballería, los estandartes, los cañones. Él cabalgando adelante, no mucho tiempo. Volver a la retaguardia inspeccionando todo. Consciente de cada detalle. ¿Dónde sería la primera batalla? ¿Habría batalla? Quizá el indio traidor decidiera correr como lo hizo con el Emperador, correr a esconderse con los gringos. Le faltan muy pocas páginas, le falta poco para plantarse en la puerta de Zola. Pero no quiere terminar el libro. Algo extraño. Cada vez se convence más de lo contradictorios que eran los hombres. Como cada vez que iba a terminar una novela, va contando las páginas con mucho cuidado, hasta llegar al final. Página trescientos sesenta y ocho. Lo cierra y lo deja sobre la mesa. La página trescientos sesenta y ocho podría desaparecer. Se asoma. Las mismas cortinas, solitarias, flotando con el viento. ¿Viento? Está abierta la ventana, buena señal.

XXI

En el restaurante:

—General, qué milagro, hacía dos semanas que no nos acompañaba en la comida.

—Estuve ocupado.

—Pero si usted ya vive de sus rentas, general. Qué puede preocuparle a un hombre de su nivel. Por cierto, ¿supieron que ya hay fecha para la inauguración del palacio Garnier?

—¿Garnier?

—Así le dicen desde hace tiempo, como el arquitecto.

—Espero recibir invitación, todo París va a estar ahí. ¿Usted, general? ¿Ya se contentó con el Emperador?

—Nunca hemos estado enojados, señor. Solo hemos marcado una distancia.

—¿Y con México?

—También. Quiero las escalopas al vino blanco.

—Dicen que el presidente Juárez quiere reelegirse, y parece ser que muchos de sus adeptos se le están volteando.

—¿Qué piensa de eso, general?

—Nada.

—¿Han escuchado que hay algunos conservadores que quieren sentar a Salvador Iturbide en el trono de México?

—Él es el verdadero heredero.

—Salvador Agustín Francisco de Paula de Iturbide y Marzán, Emperador de México. Sería el Tercer Imperio.

—¿Ha oído estos rumores, general?

—Dicen que parte de la intelectualidad francesa lo apoya.

—Lo dudo, si no quieren a su Emperador, por qué querrían apoyar a otro en un país lejano.

—Por lejano. Ellos quisieran que Napoleón se fuera a gobernar a esos lares.

—¿Qué piensa, general?

—No tengo comentarios, me tengo que retirar. Un placer estar con ustedes.

En el bar:

—General, qué gusto verlo.

—Ernestito, ¿cómo has estado? Un oporto, por favor.

—Fernandito, general. ¿Terminó la novela?

—Perdón, Fernandito, me falta muy poco.

—Leyó la carta, general —dice bajando la voz—, lo sé. Lástima que no pudimos platicar en el fumadero, pero habrá más oportunidades. Ayer estuve con Salvador Agustín, quien me dice que estará con nosotros en la siguiente reunión.

—Pero ¿quién más estuvo además de usted y Émile?

—Todos los que teníamos que estar. Mañana salgo para Viena. Pronto le llegará información de cuál será su primer encargo, general.

Juan da un trago largo. El estómago está vacío, la gente ha desaparecido. Un encargo, de qué se trata. No debe preguntar más. No puede mostrar impaciencia, debe ser cauto, tranquilo.

—¿Me volverá a contactar Émile?

—Así es, general.

—Y Émile ¿por qué tiene tanto interés en el proyecto?

—Émile es un idealista, un hombre que piensa que el mundo puede cambiar, un hombre que confía en gente como usted.

—Gracias, Ernestito.

—Mañana recibirá instrucciones, general. Y perdone que no le diga más, pero, si usted no se hubiera dormido en el fumadero, pues...

—Olvidemos eso, por favor. ¿Cómo está tu señora madre?

—Muy bien, general, muchas gracias, de vacaciones en Suiza, necesita aire fresco, París es un asco en esta época del año. Yo la visitaré cuando regrese de Viena, vamos a esquiar un grupo de amigos.

—Dile que le mando mis respetuosos saludos.

—Con gusto, general, pero dígame, ¿qué le pareció la historia de los hermanos?

—Morbosa.

—General, usted vive en París, hay que modernizarse. Ahora que volvamos a México, tendremos que cambiar esa sociedad tan puritana.

—Tomaré tu consejo, Ernestito. Me tengo que marchar. Espero la información.

En la biblioteca:

—¿Quiere un té?, lo noto desmejorado.

—Por favor. Volví a ver a Ernestito, un pesado.

—Fernandito, Juan, Fernandito. Eso ya lo sabe usted,

siempre ha sido igual esa familia. Todo lo han tenido siempre, no han tenido que luchar como nosotros.

—¿Y para qué hemos luchado?

—Pues... Para, vivir mejor, casar a nuestra hija, tener tranquilidad.

—Yo no tengo tranquilidad, ni la quiero.

—No se exalte, Juan, que yo no tengo la culpa de sus corajes.

—Déjeme solo, mujer.

—Usted, Juan, me tenía que contar algo. Cuénteme, se lo suplico. Si me lo cuenta, la carga ya no será tanta y usted se sentirá más tranquilo.

—Está bien. Un grupo importante de mexicanos y extranjeros planeamos terminar con el régimen criminal de Benito Juárez.

—Pero ¿cómo?

—Estamos en negociaciones, todo lleva su ritmo. Por ahora, Ernestito va a Viena a entrevistarse con el emperador Francisco José. Yo espero instrucciones, quizá tengamos que viajar.

—Ay, Juan. Me da miedo, ya no estamos en edad de comenzar una empresa de esa envergadura. Piense que tenemos paz y tranquilidad en esta ciudad. ¿Para qué meternos en camisa de once varas?

—Porque si no nos metemos, nos morimos.

XXII

Una mañana, al salir del palacio, el general me dijo que estaba muy cansado, que le gustaría dedicarse a un oficio sencillo. Algo como una pequeña granja, me dijo. Yo sonreí pensando que quizá se vería muy bien vestido de campesino. ¿Sabe usted que en el lugar donde nací la tierra es muy pródiga? Mi padre, el cura Morelos, también sembraba. Aunque su abuelo lo enseñó a leer más que a sembrar, y su papá era carpintero, mi padre trabajó en una hacienda de muy jovencito, y ahí aprendió a arar la tierra, a ver germinar los frijoles, las mazorcas. Y mientras caminábamos en Hyde Park me dijo que el joven que sabe manejar la ambición, será feliz. Yo nunca lo he sido, fallé; quizá si me hubiera quedado en mi pueblo, dijo, si mi padre no me hubiera hecho general ni capitán, si mi padre no me hubiera llevado a luchar, habría sido alguien feliz. Nos sentamos en una banca y guardamos silencio un buen rato, luego el general, apoyándose en su bastón de mango de plata, me dijo que había nacido en pecado, que Dios nunca perdonaría a un muchacho nacido de la lujuria de un cura excomulgado. Los hijos pagamos por los padres, lo repitió varias veces y luego empezamos a hablar de pintura.

XXIII

Manuel siempre pensó que tendría más de diez hijos y solo tuvo dos, cosa tan extraña en esas épocas. Aun teniendo ayuntamientos con varias indias y negras, nunca supo de un hijo bastardo.

Una descendencia tan pequeña no es de hombres, pensaba cuando estaba solo en su despacho o recorriendo la finca.

Pero Mercedes perdía los críos cada tres meses. Descansaban un mes y se volvía a embarazar para sacar los cuerpecitos muertos como si fueran pedos. Apenas le empezaba a crecer la panza y ahí venían la hemorragia y los bracitos y demás.

—Con todo respeto, patrón, puede que la culpa no sea de la patrona, quizá la inconveniencia sea de usted —le dijo la bruja, enterrando los ojos en el suelo y esperando el fuetazo o algunos tlacos.

—Pero yo...

—Sí, patrón —lo interrumpió—, con todo respeto, ya sé que es un buen amante, pero mire, ya para que las indias y las negras no se queden preñadas de usted, es que algo anda mal.

—Y eso ¿por qué me tenía que pasar a mí?

—Eso le pasa a la gente que tiene poder, como usted —le dijo la vieja bajando la voz y acercándose a su oído—. Usted tiene muchos adversos, ¿comprende?

Y Manuel se hubiera llegado a conformar con esos dos hijos si se hubiesen criado lúcidos, pero no, poco a poco se habían ido convirtiendo en dos criaturas raras que muchas veces le erizaron el pelo de puro miedo, como si fueran hijos de un diablo o de un espanto. Porque la demencia le caía a quien tenía sangre sucia, eso siempre lo había sabido, desde que recordaba al hombre loco de su pueblo, quien, aparte de faltarle un ojo, le faltaba mucho de Dios y terminó ahogado en el río, decían que por la mano de su propia madre.

—Ese fue hijo de un íncubo —le había dicho el cura—, por eso nació como nació, con esa giba y ese ojo muerto. Por eso se le fueron quemando los sesos, llenándose de bichos, de diablillos...

¿Sería Mercedes quien había heredado la insania a sus hijos? Viéndolo bien, ella era una mujer extraña, muy diferente a las esposas de los demás hacendados. Pero bueno, así la había conocido, así se había enamorado de ella, sabiendo que había sido actriz y, bueno, pues todas esas cosas que no quería recordar.

Hijos locos, mujer loca y el mundo igual que ellos, porque de pronto se le había venido encima todo ese ruido atronador del fin de una época. ¿Era él quien estaba mal? ¿Quién hubiera visto lo que pedían esos criollos malnacidos? Ese tal Primo de Verdad y Ramos no era otra cosa que un resentido, un enemigo de la corona y de Dios. Querer que el pueblo gobernara, pero quién es el pueblo. Si bien él no estaba muy de acuerdo que su rey fuese un borracho francés, tampoco quería una república, eso no. Y aunque había retornado Fernando VII a ser el monarca absoluto, y volvió la Inquisición y Manuel creyó que la calma regresaría, nada fue igual.

—El poder no puede descansar en el pueblo, ni siquiera en el inglés, y menos en uno como este, lleno de ignorancia y de tontería —gritaba Manuel con unas copas encima, en aquellas interminables comidas

194

con los hacendados, cuando ya comenzaba a correr ese miedo convertido en murmullos, en vientos acalorados, en granizadas, eclipses, parpadeos de vírgenes y santos, nacimiento de monstruos, aparición de ánimas, temblores, centellas, fuegos fatuos y dolores de huesos.

La independencia había tocado sus tierras, disfrazada de desastres. Y por eso Manuel no se había dado cuenta de que su mundo, en un abrir y cerrar de ojos, se empezaba a romper como un comal de barro, dejando centenas de tepalcates imposibles de unir de nuevo.

—¿Usted piensa que todo seguirá siempre igual? —le había preguntado un muchacho mulato de ensortijados cabellos, y de quien no se había percatado.

—¿Y este quién es?

—Vicente Guerrero, Manuel, el hijo de mi arriero más fiel y más rico de Oaxaca, muchacho culto e instruido —le respondió uno de los presentes.

—Yo no hablo con un saltapatrás —había contestado entonces.

Y aquel hombre lo había echado a ver, no con mohína, sino con tal fuerza, con un fulgor en los ojos tan especial, que lo había hecho bajar la cabeza.

Poco a poco la hacienda se fue convirtiendo en una isla, sin noticias, sin visitas. Y Manuel y su familia, sin hacer nada, como figuras de cera, solamente miraban mermar sus ganancias, más, cada vez más y más.

Llegaban las noticias tardas: el fusilamiento de Hidalgo, el levantamiento de Morelos, el Ejército Trigarante, Iturbide y… Vicente Guerrero.

—Ese Guerrero, ¡por qué no lo maté entonces! —gritaba Manuel.

Unos ganaban la batalla, otros morían, pero las ganancias seguían bajando, la gente se revelaba y ¿dónde estaba el gobierno que iba a proteger a la gente de bien?

—Tenemos que tener cada quien un ejército —dijo Don Gerardo Valsoto, vecino hacendado de rostro difuso—, para que nos custodie a nosotros y a nuestra gente.

Y cada hacendado formó un pequeño batallón con los pocos siervos que todavía quedaban. Manuel lo formó con treinta hombres jóvenes, bien armados y hasta con un sencillo uniforme que se componía de calzón y camisa de manta, sombrero de paja, rifle o moruna y un pequeño broquel de paño que les bordaron en las camisas Mercedes y sus asistentas. También un escapulario que cosieron a sus sombreros. ¿Chapines?, no alcanzaron, pero sí unos guaraches nuevecitos comprados en Chilpancingo.

Ese mismo ejército, después de la muerte de Manuel, se evaporó. Luego, Mercedes se enteró que estaban luchando bajo las órdenes de Vicente Guerrero, los muy cobardes, traidores, indios ladinos, patas rajadas.

—Tenía razón Manuel, siempre tuvo razón —se quejaba Mercedes—, no se puede confiar en gente de estas coloraciones, de estos olores y modales. Si no vienen de Europa, son animales.

Fue entonces que el luto riguroso se instituyó para toda la gente que quedaba en la hacienda. Mucho negro y poco baño, ordenaba Mercedes. Hasta que se quedaron los tres solos.

Antes de que se fuera a mejor vida, Manuel se había puesto turulato. Al no poder contra ese mundo que se le venía encima, que le quitaba el piso donde siempre había estado bien firme. Le habían caído los apetitos encima, como diablos picosos, ventanas a donde poder asomarse a tomar aire, a donde soltar los ahogos, caerse en un pozo y, embelesado del círculo azul del lejano cielo, encontrar que la única cuerda de donde podía asirse era la propia. La verga propia. Y se dedicó a fornicar con Mercedes hasta dejarla exhausta y adolorida, con toda mujer o esclavo nalgón o desnalgado que se le pusiera enfrente, y con alguna cabra o vaca que tuvieron la osadía de cruzarse en su camino. También se dedicó a comer y a beber en exceso. Se organizaban fiestas a diario por cualquier pretexto, y Mercedes tenía que quitárselo de encima y acomodarse las enaguas para bajar a esperar a los invitados que nunca llegaban. Si no lo hubieran matado antes, habría muerto de una cargazón, después de comerse medio borrego, o de una apoplejía, después de llegar al sexto orgasmo con Mercedes. Le gustaba salir en la madruga a mostrar en el balcón su miembro. El miedo hacía crecer las pasiones y las pasiones borraban la consciencia. Si el patrón andaba en esas calenturas, ¿por qué los demás no? Antes de irse, los negros se ayuntaron con las negras, los indios con las indias, los negros con los negros, los negros con las indias. Y el patrón con todos, hasta que lo encontraron muerto.

Después de velarlo toda la noche, Mercedes se dio cuenta que la caja no estaba bien cerrada. Fue entonces que se percató de que su virilidad había crecido como dicen que crecen las uñas y el cabello de los difuntos, y no dejaba cerrar la tapa. Tuvieron que cortarlo y acomodarlo junto a él, como al rey de bastos.

¿Cómo terminar con tanta malaventura? Muchos años después, Dolores moriría tan plácidamente como vivió los últimos años, recordando las manos de su padre, los pechos de su madre y el vaho caliente y espeso de su hermano. Hacía mucho que había olvidado el deterioro de aquel lugar, la muerte y el acecho.

No puede. Por más esfuerzo que hace, sus piernas y sus brazos no soportan el peso de su cuerpo y solo logra desvanecerse junto a la hamaca. Se ha ido descoyuntando, los huesos se le hacen polvo y no se ha dado cuenta. Así se queda seis meses, rezando y agradeciendo a Dios porque se acuerda de ella. Desde hace algunos años la gente del poblado ya no le dice la loca, sino la santa, porque con su sonrisa ha logrado alejar todos los males. Ella dijo alguna vez que el hijo que no se le logró había sido concebido con el general Vicente Guerrero y, si lo había perdido, había sido porque Dios así lo había sentenciado, por eso no se podía estar entristecido. Si Guerrero también había muerto, había sido por luchar, por lo que tampoco se tenía que estar triste.

Efrén no insistió mucho para que regresara con él a la finca, la había dejado ahí, feliz y libre. Descorazonado, se había dejado llevar por sus pasos y por el hambre hasta enlistarse en las filas del general Rayón, donde murió a los pocos meses a causa de una extraña peste que arrasó con medio ejército en un pueblo llamado El Pezón. La finca se perdió por completo por la vorágine, solo quedó libre, como si la naturaleza supiera respetar a las cosas santas, la peineta que el Gran Duque de Alba le regaló a Mercedes y la brújula dorada que el Barón Alexander von Humboldt, mientras se despedía de ella, le entregó, diciéndole: Es muy fácil perderse en la vida, pero también es fácil volver a encontrar el camino que debemos seguir. Solo hay que cerrar los ojos y hacer caso a los latidos del corazón.

Antes de morir, Dolores convoca a todas las mujeres del poblado y, recostada en la hamaca, les cuenta su historia, desde que sus padres llegaron de España, hasta el día que está viviendo. Les cuenta del final del mundo y de su santificación. Luego, solo les pide que recen en silencio. La gente le hace caso, no se preguntan por qué, pero lo hacen llenos de fervor.

—Eso me hará subir hasta donde quiero —dice y cierra los ojos—, yo salvaré a mi familia, yo llevaré a cada uno al cielo. Dios perdona la locura. El mundo está cambiando.

Según su voluntad, la hunden en el mar, a varios kilómetros de la costa, enredada en una red y con una medalla en la mano. Su cadáver, roído por los peces, es encontrado en Salina Cruz y enterrado por los *pescadores en el viejo faro de Hernán Cortés. Cuilapan, el convento donde enterraron al general Guerrero, está a muchas leguas, pero no tan lejos.*

Fin

Sucede a veces, solo a veces, llegar al final de un libro y sentirse pleno. Lo cierra y lo acomoda en el lugar indicado. Un ejemplar especial. Al acomodarlo se pregunta, con cierta melancolía, si habrá tiempo de volver a leerlo. He ahí la esperanza. Hay que buscar a Émile.

XXIV

Londres nublado, pero sin lluvia. Una ventaja. Media hora antes en la puerta del hotel. Hay que ser puntuales, sobre todo en Londres, y más en Buckingham. El coche es negro, demasiado moderno. El chofer abre la puerta. Juan viste el traje de mariscal del Imperio, con todas sus condecoraciones. El zapato izquierdo, como siempre, le aprieta. El cuello bordado con hilos de oro es como una navaja sobre su cuello. Cierra los ojos. Hace muchos años, su gran amigo Michelena... El momento no está para recuerdos. Tiene una misión muy importante, general, debe hablar con el príncipe Alberto y, si se da la posibilidad, y si la reina está en Londres, también con ella. Émile le entregó las cartas, instrucciones precisas. Una nueva misión, respira.

—Hablé con Ernesto —le había dicho a Émile.

—¿Ernesto?

—Gutiérrez de Estrada.

—Fernando, general.

—Sí, Fernando.

—Sí, lo sé. Él está ahora en Viena. Esperemos que todo sea un éxito.

Su Alteza, gracias por recibirme. Debo ser breve. México requiere de su ayuda. La deuda se pagaría inmediatamente después de la restauración del Imperio. El Tercer Imperio mexicano. El emperador Francisco José nos ha dado su apoyo, lo mismo el zar de Rusia y varios congresistas norteamericanos. Dolores sabe cómo comportarse. Evitar el nombre de Napoleón. Eward Gladston, primer ministro, está de nuestra parte. Había tenido apenas cinco días para organizar el viaje. General, entiende que en este momento usted tendrá que hacerse cargo de los gastos. Lo entiende, claro que lo entiende. Todo sea por el Imperio.

—¿Cómo te sientes? —Dolores un día anterior, en el hotel. No puede acompañarlo al palacio. Sería de gran ayuda. Mercedes dio unas puntadas a un botón. El traje, impecable. La ventana gris, un leve tono rosa. Turner.

—Bien, tranquilo.

—Lucirá como siempre, perfecto. Recuerdo a la Emperatriz cuando…

—Por favor, Dolores, ahora no. Tengo que estar concentrado —Dolores no sabe que visitará al príncipe. Quizá a la reina. No es conveniente que sepa.

—Podremos ir al teatro, Juan. Mañana podremos pasear un poco antes de regresar.

—No sea frívola, mujer. Vengo con asuntos más importantes que los paseos.

—¿No me dirá con quién se entrevistará?

—El primer ministro.

Son tres cartas: una para el príncipe, otra para la reina y otra para el primer ministro. La entrevista será primero con el príncipe, no lo olvide, general. Discreción, general. Cuando regrese de Londres tendremos la entrevista con su alteza, el emperador Napoleón III. Como hace dos años. No va a suplicar. El trayecto es largo. Tienen quince minutos para llegar. Desde la ventanilla los edificios crecen, el cielo se esconde. Recuerde, general, debe entrar por la puerta este. Toca el vidrio con el bastón. El cochero voltea y le indica que están por llegar. Por fin. Bajan. Viento helado. Acomoda sus ropas. Dolores tendría que estar aquí. Juan, levanta la cabeza, infla el pecho, cuidado con la manga. La puerta custodiada por dos guardias. Dos estatuas. Otro lo recibe. Juan, pecho en alto, guantes de cabritilla, muestra la carta con el membrete del Imperio mexicano. En el centro de un manto imperial, recogido en sus extremos, formando pabellón, con un lazo tricolor, verde, blanco y encarnado. Religión, Independencia y Unión, rematando la parte superior de aquel con una corona de la misma clase, estará el águila mexicana dentro de un escudo realzado, en la actitud de siempre, es decir, de pie sobre el nopal, y la culebra asida con el pico y una garra: en la cabeza tendrá la corona imperial. Penacho de siete plumas. Carcax. Macana. Gran Cruz de la Orden Imperial de Guadalupe. *Oculis et unguibus aequé victrix*. José María Morelos y Pavón.

—Tengo el placer de anunciar mi presencia. Juan Nepomuceno Almonte, mariscal del Imperio de México. Tengo una entrevista a las doce del día con su alteza, el príncipe Alberto de Sajonia-Coburgo-Gotha —perfecto inglés. Entrega la carta.

El guardia la recibe. Haciendo una marcial reverencia, gira con gracia y desaparece. Los minutos son largos. Hace frío. El zapato, el zapato. No debe cojear. Firmes.

El guardia regresa. Una seña. Juan sigue sus pasos. Caminar perfecto. La juventud. Sesenta años. Cruza una puerta. Un hombre, con gran seriedad, se levanta.

—Debe haber un error, general Almonte —le indica una silla.

Juan se sienta en silencio. Atrás de aquel hombre, la reina mira el cielo.

—Su alteza, el príncipe Alberto, no lo puede recibir. Su Alteza ha fallecido.

—¿Cómo? ¿Cuándo?

—Hace muchos años, general.

Juan, ¿escuchaste?, ¿hace muchos años?

—General, el príncipe Alberto desafortunadamente falleció hace ocho años —ironía inglesa. Sutil para no mostrar el exceso de ingenio. ¿Por qué?

El vacío. El descansabrazos sostiene a Juan. La reina Victoria ha quedado viuda y mira al cielo, Juan. La biblioteca. Dolores muestra un periódico con un grabado: los fastuosos funerales del príncipe Alberto. ¿Por qué guardó silencio? Juan, cómo va a ir a ver a un muerto. General, quizá la reina pueda recibirlo. El primer ministro.

—Señor, ¿se siente bien?

—Sí, sí… —aprieta las otras dos cartas. Con trabajo se las entrega al hombre.

—Permítame un momento, general

Por la ventana mira la lluvia. No podrán ir a pasear. Llueve, Dolores. ¿Por qué no me dijo a quién iba a visitar, Juan? Se ha vuelto un olvidadizo, cómo no recordar la muerte del príncipe.

—Lo siento, general. No se anticipó su visita. Entregaré las cartas a Su Majestad y al Primer Ministro. ¿Lo espera un coche?

Camina hacia la calle, se sostiene en el bastón. El zapato. Cojea. La lluvia ha arreciado, el frío le cala los huesos. General, esta es la oportunidad. Las gotas están heladas. ¿No llevas paraguas?

—¡Pendejo! —grita. No importa la lluvia, la gente.

Su mujer tiene los ojos cerrados y respira intranquila. Juan admira su decadencia. Nace la ternura. Tan indefensa como él. ¿Qué hacen los dos en esa ciudad? Se parecen tanto que podrían ser hermanos. Vivir dentro de una novela. Se enreda bien la bata y se acuesta junto a ese cuerpo que ya no reconoce. Entonces Dolores abre los ojos.

—Somos tal para cual, ¿verdad, generala Almonte?

Ella lo sigue mirando en silencio y poco a poco, después de muchos minutos, asiente.

No puedo creer que nos hayan engañado —dice ella con una voz extraña—. Somos parte de la historia de México.

—Perdóname, mujer.

—Para mí no es fácil perdonar, Juan, pero usted no tuvo la culpa —dice mientras se endereza un poco.

—No sé, quizá tenga razón, quizá no hicimos tan mal nuestro papel, y quizá algún día se nos reconozca alguna bondad.

—Su padre estaría orgulloso de usted.

Juan cierra los ojos. Es un lugar muy hondo. Un enjambre de luciérnagas lo rodea. Podrían ser de la hacienda de Manuel.

Los hombres que más me conmovían entre todos —como si me alcanzara un presentimiento del propio destino posterior— fueron los sin patria y, más aún, los que en vez de una patria tenían dos o tres...

Stefan Zweig

Índice

Hijo de tigre de Mario Heredia
se terminó de imprimir en febrero de 2022
en los talleres de
Litográfica Ingramex, S.A. de C.V.
Centeno 162-1, Col. Granjas Esmeralda, C.P. 09810,
Ciudad de México.